鷹的飛翔

世界文學名作選

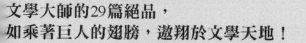

張子樟◎編譯

文學大師的29篇絕品，
如乘著巨人的翅膀，遨翔於文學天地！

經典大門爲你開

　　短篇小說雖說是短篇，也有多達兩萬字左右的短篇，一般人讀起來相當費力。細讀外國作品，我們常常可以找到名家類似極短篇的好作品。字數在一千多，最多不超過五千字，就可以講一個十分精采的故事。這樣的篇幅雖短，展露出來的卻是一個完美無缺的架構，非常適合一般人閱讀。由於內容講求技法的完整，能夠受人矚目、廣爲流傳的，必定是接近零缺點的絕佳作品，也非常適合像「晨讀十分鐘」要求的格局。

　　優秀的作品必須細嚼慢嚥，才能體會它的真正滋味。本書精選的作品已經超過半世紀的考驗，經得起好好品嘗。每篇作品很可能需要一讀再讀，它的隱義（hidden meanings）才會展現在專注的讀者面前，在細細品賞中，領略不同層次的文學滋味。

　　這本選集分為四部分。先是歷經半世紀歲月考驗的名作。這些一再獲得專家學者讚美的作品，呈現的是恆久普遍的人性，值得細讀再三。

　　世人一再稱頌的三位世界短篇大師——俄國作家契訶夫、法國作家莫泊桑、美國作家歐・亨利，這三位的作品當然應該要認識。為了避免與其他出版的選集重複，我們避開契訶夫的〈萬卡〉與〈打賭〉、莫泊桑的〈兩個朋友〉和〈項鍊〉，以及歐・亨利的〈麥琪的禮物〉與〈最後一片葉子〉，選用大師們具有同樣深度的代表作。

　　「父親」這個主題是名家的筆下一再重複的角色。父親的行止是子孫的表率，也牽動家族的興衰。本書收錄了四位來自不同時空的為人父者的故事，讀來深撼人心。

　　儘管有幾位諾貝爾獎文學獎得主的作品引起一些爭論，我們依舊可以從中選取適合青少年閱讀的短篇代表作。這些作品絕非大師們的遊戲之作，它們展露出對世間眾生的永恆關懷。

　　這些傳世之作，呈現的雖然是不同族群的思想與行事，卻刻畫出人性深處的悲歡離合，值得細讀審思。

　　青少年猶如準備展翅高飛的幼鷹，這些動人的故事鋪陳了在想像與實際飛翔過程中，可能遭逢的種種際遇。只要有自信、相信自己的能力與耐力足以對抗種種挑戰，必定可以逆風高飛！

　　經典文學大門已經為你展開，歡迎你走進這個深邃、迷人的文學世界！

張子樟 於唭哩岸

2018 年 10 月

鷹的飛翔　4

目錄

編譯者序　經典大門爲你開　　　　　　　　　　　　　　2

最佳作品的競技

布朗太太的手杖　〔英國〕維吉尼亞・吳爾芙　　　　10

窗　〔美國〕艾倫・西格　　　　　　　　　　　　　17

查理斯　〔美國〕雪麗・傑克遜　　　　　　　　　　23

大衛・斯旺　〔美國〕納旦尼爾・霍桑　　　　　　　30

半張紙　〔瑞典〕奧古斯特・史特林堡　　　　　　　42

遠與近　〔美國〕湯瑪斯・沃爾夫　　　　　　　　　47

大理石鴿子　〔丹麥〕凱爾德・阿貝爾　　　　　　　53

陌生人　〔法國〕馬塞爾・普魯斯特　　　　　　　　59

一籃雲杉毬果　〔俄國〕康斯坦丁・帕烏斯托夫斯基　64

勞動、死亡和疾病　〔俄國〕列夫・托爾斯泰　　　　80

三位「世界短篇小說之王」的名作

名家筆下的父親

諾貝爾文學大師的經典之作

最佳作品的競技

布朗太太的手杖

〔英國〕　維吉尼亞·吳爾芙

今天似乎比往常要冷得多。布朗太太按照醫生的吩咐來到火車站時這麼想著。走了這麼長一段路，她的腿又開始隱隱作疼。她找了個位子坐下來，把手杖放在身邊，茫然地看著四周。

醫生告誡她，每天必須有兩個小時的戶外活動，呼吸新鮮空氣，活動活動雙腿。「以我這條瘸腿要我一天散步兩小時，我辦不到。」當她聽到醫生這麼說時幾乎叫喊起來，「再說，我家附近不是房子就是公路，連個散步的地方都沒有。」

「你可乘公車到海德公園或格瑞恩公園去嘛！」醫生建議。

「但我沒這麼多錢，車費、公園門票都要錢呀，我又不是有錢人！」

醫生只好建議她每天散步到維克特瑞亞火車站去坐一

坐。她認為這個主意還可以接受。從此她就以這種不花一分錢的方式，每天進行兩個小時的戶外活動。慢慢地她習慣了這種鍛鍊方式，而且車站的空氣並不如她原本想像的那麼差。現在的火車都改用電力了，車站除了熙熙攘攘的人群外，倒也還安全、平靜。從火車站回去後，剩下的時光她就坐在火爐旁讀書或是聽聽收音機來打發了。

她盯著腳上的舊皮鞋，應該買雙新鞋了，但手頭上的錢不夠，再攢幾個月就能買雙新的吧！穿上新鞋走起路來會舒服些。她這麼想著。

這時她抬起頭來，一群剛下火車的旅客急急忙忙地通過座位前的大門走出去。看著他們的背影，她想，每天怎麼有這麼多的人來倫敦？每個人都是那麼匆匆忙忙的，只有她的時光又長又無聊，時間在她身上走得怎麼這麼慢呀！

她把外衣拉緊些。天冷了，她的衣服略顯單薄，今年冬天要是能添置些多衣就好了。其實她曾經是一個挺重要的人物，她過去是某個委員會的委員，配有祕書。啊！那已是很久以前的事了。現在她又老又窮，還拖著病腿。一個沒用的老太婆！

這時，兩名警察從她身後悄悄走過來，在她前排並肩

坐下。

　　布朗太太一向對警察沒什麼好感，他們都是些不好惹的人物，她也不想老盯著他們的後腦勺看，但現在走開又怕惹來麻煩。

　　其中一人從口袋裡掏出一張照片，兩人都盯著照片看。布朗太太側身看到照片上是個年輕的男人。

　　有個警官從座位前走過，瞟了兩個警察一眼，走到布告欄前站定。

　　布朗太太可不傻，她饒富興致地看著這一切，心想一定有什麼事要發生，這麼想來覺得生活有時還是滿有趣的。

　　她興奮地四下張望，看不出有什麼特別的。一些旅客正匆忙奔向火車，有人在買書，有人在喝飲料，還有一些人站在外頭等著進站。

　　布朗太太注意到站在布告欄前的警官舉起了右手，那兩名警察看到後慢慢站起來，裝著很隨意的樣子踱到門口。其中一個閃進門藏了起來、另一個突然拐到布告欄後。一列火車徐徐進站了，所有的大門都打開了。

　　布朗太太心跳加速，「郎得醫生肯定願意聽到我這時的心跳，」她忘記了寒冷和焦慮，完全被眼前將要發生的

事吸引住。

接著一群人走出大門，其中一個年輕人引起布朗太太的注意。他雙手插在外衣口袋裡，步履矯健。要是我有像他那樣健康的雙腿該有多好啊！

兩個警察和警官離開各自的藏身之地，把他團團圍住。有那麼一會兒，年輕人很吃驚。

沒等警官把話講完，年輕人猛地轉身想跑，一個警察扭住了他的胳臂，他用力掙脫後撒腿狂奔。三個人勇敢地撲向他，在扭打中一位警官臉上被挨了重重的一拳，他應聲倒地，年輕人奮力甩開另外兩人，朝車站入口處跑來。

周圍的旅客被眼前的突發事件驚呆了，都站著，毫無反應。布朗太太被罪犯的行為激怒了！

「抓住他！」她大喊一聲，拄著枴杖站了起來。那罪犯正朝著布朗太太這邊跑來，警官在後面拚命追趕。當她看到警官臉上的鮮血時，一股憤慨之情湧上心頭。

當罪犯跑近她的左邊時，她奮力舉起枴杖朝他揮去。不偏不倚，枴杖落在他兩膝之間，他重重地倒下，趴在地上呻吟。枴杖則飛得老遠。

布朗太太興奮地怪叫一聲，連她自己都能聽到咚咚咚的心跳聲，過度興奮使她站立不穩，跌回座位。她緊閉雙

眼，喘著大氣。

當她睜開眼時，看到罪犯掙扎著想爬起來，但警察已趕到，將他銬起來帶走了。

警官撿回枴杖，遞給布朗太太，「太感謝您了，女士。」他邊喘著氣，邊拿出記事本問，「可以告訴我您的姓名和地址嗎，女士？」

「哦！為什麼？」布朗太太用虛弱的聲音問道，「我並不是有意要傷害他呀！」

「你做得很好，女士，」他說，「那人是個銀行搶劫犯，幾個月來我們一直想抓住他。剛才差一點就讓他跑掉了。是您及時的出擊，我們才逮住了他。您不知道，當他被您擊倒在地時，我們是多麼高興啊！」

「那你為什麼要知道我的姓名和地址呢？」布朗太太不解地問。

他指著右邊的布告欄，「那邊有個公告，」他說，「離這兒太遠看不見。為了抓住他，南方銀行懸賞五千英鎊。您今天可幫了大忙。女士，如果您肯告訴我您的姓名和地址，將可以很快地得到這筆獎金。」

「我一直以為我是個沒用的老太婆。」她自言自語地說。

「對不起，您說什麼？」

「沒什麼，沒什麼。」於是布朗太太爽快地告訴警官她的姓名和地址。

| 作者簡介 |

維吉尼亞‧吳爾芙（Virginia Woolf, 1882-1941），英國作家，被譽為二十世紀現代主義與女性主義的先鋒。在一戰與二戰的戰間期，她是倫敦文學界的核心人物，同時也是布魯姆斯伯里派（Bloomsbury Group）的成員。最知名的小說包括《達洛維夫人》、《到燈塔去》、《雅各的房間》、《奧蘭多》，以及散文《屬於自己的房間》等，其中有句名言：女人必須有她自己的一點收入及獨立的房間。

┃悅讀分享┃

　　這篇作品看似簡單，但如果深入思考，就會呈現它的不同層面。表面上，它敘述一位年長婦女在偶然之間，協助警察逮捕了一個慣竊的經過。細讀後，讀者可以發現作者暗示了老年人的現實問題。故事開始時，主角接受醫生建議她可乘公車到海德公園或格瑞恩公園去走走，她回答：「但我沒這麼多錢，車費、公園門票都要錢呀，我又不是有錢人！」

　　醫生最後只好建議她每天散步到維克特瑞亞火車站去坐一坐。她接受這個主意。從此她就堅持以這種不花一分錢的方式，每天進行兩個小時的戶外活動。故事將近結束時，警察告訴她會有獎金五千英鎊，她就沒再訝異、推辭，但那筆錢又能維持多久？這是現實世界老年人面臨的共同難題。「老吾老以及人之老」的說法希望不是口號。

窗

〔美國〕　艾倫·西格

　　在一家醫院的病房裡，曾住過兩個病人，他們的病情都很嚴重。這間病房十分窄小，僅能容下他們兩人。病房有一扇門和一扇窗，門通向走廊，而透過窗戶可以看到外面的世界。

　　其中一位病人經允許，可以分別在每天上午和下午起身坐一個小時。這位病人的病床靠近窗邊。

　　而另一位病人則不得不日夜躺在床上。當然，兩位病人都需要靜養治療。使他們感到痛苦的是，兩人的病情不允許他們做任何事情藉以消遣，只有靜靜的躺著，而且只有他們兩個人。兩人經常談天，一談就是幾個小時。他們談起各自的家庭，各自的工作，還有各自的生活等等。

　　每天上午和下午，時間一到，靠近窗的病人就被扶起身來，開始一小時的坐姿。每當這時，他就會為同伴描述他所看到的窗外景象。漸漸地，每天的這兩個小時，幾乎

就成為他和同伴生活中的全部內容了。

　　顯然地，這個窗子可俯看一座公園，公園裡有一泓湖水，湖面上漫遊著一群群野鴨、天鵝。公園裡的孩子們有的在扔麵包餵這些水禽，有的在玩遊艇模型。一對對年輕的情侶手挽著手在樹蔭下散步。公園裡花團錦簇，主要有玫瑰花，但四周還有色彩繽紛、爭妍鬥豔的花草。在公園的一角，有一個網球場，有時那兒進行的比賽還頗精彩呆，雖然球藝夠不上職業賽的水準，但能看看熱鬧也是不錯的了。公園的盡頭是一排商店，在這些商店的後邊隱約可見是鬧市所在。

　　躺著的病人津津有味地聽這一切。這個時刻的每一分鐘對他來說都是一種享受。描述仍在繼續：一個孩童怎樣差一點跌到湖中，身著夏裝的姑娘是多麼美麗動人。接著又是一場扣人心弦的網球賽。他聽著這栩栩如生的描述，彷彿親眼看到了窗外所發生的一切。

　　一天下午，當他聽到靠窗的病人說到一名網球好手如何悠哉地揮球，讓對手忙得滿場跑時，不靠窗的病人突然有了一個想法：為什麼偏是他有幸能觀賞到窗外的一切？為什麼自己不應得到這種機會呢？他為自己會有這種想法而感到慚愧。可是，他愈加克制，這種想法卻變得愈加強

烈，直到幾天以後，這個想法已經進一步變爲：躺在窗邊的爲什麼不該是我呢？

他在白天爲這個想法所困擾，晚上又輾轉難眠。結果，病情一天天加重了，醫生們卻查不出病因。

一天晚上，他照例睜著雙眼盯著天花板，這時，他的同伴突然醒來，開始大聲咳嗽，呼吸急促，時斷時續，他的肺腔被痰充塞了，他兩手摸索著要找求救鈴的按鈕，只要鈴聲一響，值班的護士就會立即趕來。

但是，另一位病人卻紋絲不動地看著。他心裡只想：憑什麼要讓他占據窗口那張床位呢？

痛苦的咳嗽聲打破了黑夜的沉靜。一聲又一聲……卡住了……停止了……直至最後的呼吸聲也停止了。

另一位病人仍然繼續盯著天花板。

第二天早晨，醫護人員送來漱洗水，發現那個病人早已咽氣了，他們靜悄悄地將屍體抬出去，沒有絲毫驚疑的樣子。

稍過幾天，剩下的這位病人覺得這時要求似乎已經恰當了，他提出是否能讓他挪到窗邊的床上。醫護人員把他抬了過去，讓他舒舒服服地安頓在那張病床上。接著他們離開了病房，剩下他一個靜靜地躺在那兒。

　　醫生一離開，這位病人就十分辛苦地掙扎著，用一隻胳膊支起了身子，氣喘吁吁地探頭朝窗口望去。

　　他看到的只是光禿禿的一堵牆，什麼也沒有。

| 作者簡介 |

一般人都認為這篇小說是澳洲作者泰格特的作品，但一直缺少他的相關資料。以篇名試試，則可找到美國作家艾倫·西格 (Allan Seager, 1906-1968) 的一篇極短篇，內容一模一樣，本文只是它的放大版。讀者比較有興趣的還是作品本身。當然，作者的背景有時也有助於對作品的了解。

▍悅讀分享▏

本文擅長以細節描寫來推進情節。如靠窗的病人講述窗外情形的細節，不知不覺就讓讀者沉浸到故事中去，彷彿與那位不靠窗的病人一起在聆聽一樣。這篇小說的節奏控制得很好，作者娓娓道來，在不經意間埋下伏筆，隨著故事的推進，讓人覺得既在意料之外，又在情理之中。這體現出作者高超的藝術創作能力。

「窗」是文章的線索，整篇小說都圍繞著「窗」展開故事情節。「窗」與小說主旨密不可分。現實中的窗，窗內是單調貧乏的病院生活，窗外意味著健康的、正常的、讓病人嚮往的普通人的生活。兩相對照，讀者自會反思自己的生活；心靈的窗，那位靠窗的病人透過窗看到的是美好，不靠窗的病人看到的卻是自己內心無法調和的卑劣欲望。

臨窗的病人雖身患重病，但他熱愛生命，憑微薄的精力、羸弱的病體和滿腔的熱情極力想像，描繪出一幅幅優美的圖景，以此來激勵自己用頑強的信念對抗病魔；同時也用生機勃勃的人類活動去點燃同伴奄奄一息的生命之火，激發病友的生之欲望、活之動力。在他心目中，窗是他們兩人共同的財富，窗外的「春天」理應共同享有。而

不靠窗的那位病人，雖然每天下午津津有味地聽病友描述
扣人心弦的球賽、浪漫的情侶散步，⋯⋯充分享受了這段
美好時光，但他卻不以此為滿足，反而強烈地渴望占有那
扇窗戶。這雖然也是熱愛生活的願望使然，但其核心卻是
自私的。私心極度膨脹後，最終導致採取見死不救的手段，
堂而皇之地取得靠窗的床位。然而，生活偏偏不肯饒恕他，
他費盡心機得到的，只是光禿禿的一堵牆。一扇窗戶照出
了兩個靈魂，表現出兩種截然相反的處世態度，揭示了人
性的美與醜。

查理斯

〔美國〕 雪麗·傑克遜

　　勞瑞上幼兒園那天起，我心裡明白，生活從此要發生變化了。

　　他回家時把前門「砰！」的一聲推開，帽子先扔了進來，用粗聲粗氣的嗓門叫著：「有人在家嗎？」

　　午飯時他出言不遜，又打翻了妹妹的牛奶。

　　「幼兒園裡怎麼樣？」我故意漫不經心地問。

　　「還行。」

　　「你學到什麼東西了？」他爸爸問。

　　勞瑞冷冷地白了一眼，說：「沒學到什麼東西。但是老師打了一個小孩的屁股。」

　　我問：「這小孩叫什麼名字？」

　　「查理斯，」勞瑞想了片刻回答，「他太皮了。老師打了他的屁股，還罰他站。哦，他太皮了！」

　　「他做了什麼事？」我追問，但是勞瑞已經爬下椅子，

拿起一塊餅乾，揚長而去。

第二天吃午飯時，勞瑞一坐下就宣布：「查理斯今天打老師了。」

「天哪！他又挨打了吧？」

「他當然挨打了，」勞瑞轉向他父親，「瞧這兒！」

他父親抬起頭：「幹麼？」

「往下看——看我的大拇指！哎，你真是個大傻瓜！」他哈哈大笑起來。

我趕緊岔開話：「查理斯幹麼打老師？」

「老師要他用紅蠟筆畫，查理斯偏用綠的，他就打老師了，老師就打他屁股了。老師還不讓別的小朋友跟他玩，可是別的小朋友還是跟他玩。」

第三天，查理斯在玩翹翹板時，把一個小女孩的頭撞出血了，下課時老師不准他出去玩；星期四查理斯又被罰「站角落」，因為他在故事課不停地用腳跺地板；星期五查理斯亂扔粉筆而被剝奪了寫黑板的權利。

星期六我同丈夫商量：「把勞瑞放在幼兒園裡看來並不好，這個叫查理斯的孩子，聽上去可對他沒什麼好影響。」

「沒事的，」丈夫安慰我說，「世界上總有像查理斯

這樣的人，晚碰到不如早碰到。」

星期一，勞瑞回家比往常晚：「查理斯今天給留下來了，所以大家都回來晚了。」

「這個查理斯長得什麼樣？」丈夫問。

「他個子比我大。他沒橡皮擦。他從來不穿外套。」

星期二，勞瑞突然告訴我們：「有個人今天來看老師。」

「是查理斯的媽媽吧？」丈夫和我不約而同地問道。

「哪兒啊，」勞瑞不以為然地說，「是個男的，老師請他來教我們做體操，教我們用手碰腳尖。」他爬下椅子，蹲下，手碰了碰腳尖：「看，就這樣。」他又坐回椅子上，拿起叉子，變得嚴肅起來：「查理斯連體操也沒做。」

「查理斯連體操也不願做嗎？」

「哪兒啊，查理斯跟老師的朋友搗亂，老師不讓他做了。」

「你說他們會拿查理斯怎麼樣？」丈夫問他。

勞瑞煞有介事地聳了聳肩：「開除他，我想。」

星期四，勞瑞吃午飯時嚴肅地報告說：「查理斯今天可真不錯，老師給他一個蘋果當獎勵。」

丈夫小心翼翼問了一句：「你是說查理斯？」

「對。他幫老師分蠟筆，收本子，老師說他是個好幫手。」

「怎麼會呢？」我滿腹狐疑地說。

「他幫了老師的忙，就這麼回事。」勞瑞聳了聳肩。

當晚我問丈夫：「你相信嗎？查理斯眞能改邪歸正？」

「你等著瞧吧，」丈夫諷刺地說，「像查理斯這樣的孩子，說不準又要使什麼壞呢！」

丈夫似乎沒有言中。又一星期過去了，查理斯還是老師的幫手，他每天分東西收東西，再也沒有小朋友因爲他而被放學後一起留下來了。

我和丈夫都想見查理斯媽媽，問問查理斯怎麼會變好的。

但就在那週的星期五，查理斯的老毛病又犯了。他因爲講髒話，被老師洗了一臉的肥皂水。

星期六的家長會上，我坐立不安，急切地想見到查理斯的媽媽。環視著周圍那些安詳的臉，但是看上去誰都不像是家裡有個查理斯的樣子。會後我認出了勞瑞的班主任，她手裡拿著一杯茶和一塊巧克力餅，我手裡拿著一杯茶和一塊水果蛋糕，我們慢慢向對方走去，微笑著。

「我一直想見見您，我是勞瑞的媽媽。」

「我們都對勞瑞很感興趣。」

「哦，他真的很喜歡幼兒園，他回家老說起幼兒園裡的事。」

「開始的那兩個星期他有些不習慣，」班主任認真地說，「但他現在表現不錯，是老師的小幫手了。當然了，有時他也還會犯點小錯誤。」

「勞瑞一向挺能適應環境，我想他是受了查理斯的影響。」

「查理斯？」

「是呀！」我笑著說，「有查理斯這樣調皮的孩子在幼兒園裡，你一定忙得不可開交吧？」

「誰是查理斯？我們幼兒園裡沒有叫查理斯的呀！」

| 作者簡介 |

雪麗・傑克遜 (Shirley Jackson, 1916-1965)，美國著名哥德式驚悚小說 (Gothic fiction / Gothic horror) 作家，著有六部長篇、二部回憶錄、一部短篇小說集。而在這些作品中，短篇〈摸彩〉最為人所稱道，長年盛行不衰。

悦讀分享

這篇小說擅長人物描寫，作者正面刻畫的勞瑞與側面表現的查理斯形象均生動鮮明，給讀者留下深刻印象。小說採用明暗線結構，構思精巧，意味深長；生動傳神的對話描寫，使小說的情節顯得簡潔緊湊。「我們對勞瑞都很感興趣。」表明老師很關注勞瑞，老師後面對他表現的評價也客觀公正。

「查理斯」在幼兒園中的表現一直牽動著「我」的感受。查理斯總是淘氣被罰，引起了「我」的擔心，怕勞瑞受他影響；查理斯成了老師的小幫手，引起了「我」的好奇，讓「我」想了解他的變化原因；查理斯偶爾又犯了一些小錯誤，又讓「我」更加擔心起來，急切地想見他媽媽。

勞瑞形象有幾個特點：他淘氣，調皮。在幼兒園因淘氣被罰，在家也表現調皮；他知錯能改，但自制力不強。後來成為老師的小幫手，但偶爾又犯小錯；他機靈，內心豐富，虛構查理斯這個角色來講述自己在幼兒園的表現。

結尾匠心獨運。在情節上，明線暗線交匯，情節突轉；與上文情節中的伏筆互相照應，產生了「意料之外，情

理之中」的藝術效果。在主題上：引發思考，突顯主題；
並引導我們關注孩子在成長過程中的自我認識與自我適
應能力，了解孩子內心世界的豐富與隱祕。

大衛・斯旺

〔美國〕　納旦尼爾・霍桑

　　對於那些實際上影響我們一生前途和我們最後歸宿的事情，我們往往也只能知道其中的一部分。還有數不清的大事（假如可以稱之爲大事的話），差點兒發生在我們身上，然而卻從我們身邊掠過，沒產生什麼實際效果，甚至也沒有把任何亮光或陰影反射在我們的心上，使我們察覺到它們的接近。假如我們能夠知道我們一切的榮枯盛衰，那麼生活裡就會充滿過多的希望和恐懼，充滿過多的歡樂或失望，使我們得不到片刻眞正的安寧。這種想法，可以用大衛・斯旺的某個無人知曉的一頁歷史來說明。

　　我們同大衛・斯旺之間的關係，一直要等到在他二十歲的那一年，從他的故鄉通往波士頓城的那條大路上發現他時才開始。他有一個叔叔住波士頓，是食品雜貨行的小商人，要他到店裡的櫃檯工作。我們只想提一提他是新罕布夏人，父母都是體面人物，他受過普通學校的教育，又

循典型的模式去吉爾曼頓學院進修一年，完成他的學業。夏季裡的一天，他從日出就徒步趕路，一直走到近午時分。由於疲累和越來越熱的天氣，使他決定一看到陰涼的地方就坐下來，等候公共馬車來到。好像是特意爲他栽在那裡一般，不一會兒就出現一個小小的楓樹叢，中間有一塊令人歡喜的凹地；還有一條清新的、潺潺流動的溪水，好像從來不曾爲別的旅人而是特別爲大衛‧斯旺閃耀著光輝。不管這溪水是否專爲他而閃耀光輝，還是已經有別人來過，他用乾渴的嘴脣吻了吻它，接著他便躺在溪邊，把幾件襯衫用條棉紗手帕捆紮起來，連同一條褲子墊在頭下當枕頭。太陽光晒不到他，昨天一場大雨後的路上塵土還沒有飛揚起來，這長滿了青草的土床使他感到比睡在羽絨床上還舒服。溪水在他身旁喃喃低語，催人入睡；樹枝在他頭上的碧空輕輕拂動，矇矓若夢；於是大衛‧斯旺酣然入眠，也許他在酣睡之中還做了一個夢。但我們所要敘述的，卻是他並未夢到的事。

當他躺在樹蔭下面睡得正甜時，別人倒是清醒的。他們有的步行，有的騎馬，有的坐著各式各樣的車，沿著灑滿陽光的大路，從他的這個睡鋪旁邊經過。有的人走路並不左顧右盼，所以不知道他在這裡；有的人只是向那裡掃

了一眼，但是由於思慮太多，顧不到這個沉睡的人；有的人看到他睡得那麼香甜，就笑了起來；還有那麼幾個，由於輕蔑之情滿溢胸懷，就把惡毒的溢出物傾瀉在大衛・斯旺的身上。一個中年寡婦，在附近沒有人的時候，把頭微微伸進樹叢中的凹處，堅稱這個年輕人睡著的樣子很可愛。一位宣導戒酒的演說家看見了他，就把可憐的大衛看作醉倒路旁的一個可怕實例，從而編進了他預備在傍晚演說用的講稿中。但是，指責也好，讚美也好，嬉笑也好，蔑視也好，漠不關心也好，這一切對大衛・斯旺來說都是一回事，或者更正確地說──都是無所謂的。

　　他入睡不久，就有一輛套著兩批高頭大馬的褐色雙輪馬車穩健地行駛過來，在大衛躺臥的對面不遠處停了下來。一個制輪楔子脫落了，使得一個輪子滑脫出來。損壞不嚴重，僅僅引起了這輛車上準備回波士頓去的一位上了年紀的商人和他妻子短暫的驚慌。車夫和一個僕人正在重新安裝車輪的時候，這位太太和紳士來到楓樹叢下躲避太陽，於是他們發現了那潺潺的溪流，也看見了在溪邊酣睡的大衛・斯旺。一個睡著的、地位最卑下的人，往往也會在他周圍散布一種令人肅然敬畏的氣氛。商人在這個印象的影響下，盡可能在痛風病允許的程度內輕輕的走動，他

的老伴也小心翼翼，不讓她的絲綢長衣發出沙沙的響聲，以免驚醒了大衛的好夢。

「他睡得多麼香啊！」老紳士低聲說。「他那輕鬆的呼吸是多麼深長！這種不需要安眠藥的酣睡，對我來說，比我的一半收入還要值錢；因為這樣的睡眠意味著健康和無憂無慮的心境。」

「此外還意味著青春，」太太說，「健康安詳的老年人也不會睡得這麼香甜。我們行走的情況和他不一樣，我們睡著的情況自然也和他不一樣。」

這一對老夫婦看的時間越長，對這個不相識的青年就越感興趣；對於這個青年來說，大路之旁和楓樹之蔭等於是一間祕密的寢室，他的上面籠罩著錦緞帷幕的茂密陰影。這位婦人發覺有一道從葉縫裡溜下來的陽光照到他的臉上，於是她設法把一條樹枝向一邊扭轉過去，遮住光線。做了這件小小的好事之後，她開始覺得自己對他像母親一樣。

「好像是天意把他安置在這裡的，」婦人對丈夫低聲說，「他把我們帶到這兒來，在我們對表哥的兒子失望之後，到這兒來發現他。我覺得他和去世的亨利有點相像。我們叫醒他好嗎？」

「爲了什麼目的呢？」商人猶豫地說，「這個青年的品行我們一點兒也不了解呀！」

「那張坦率的臉！」妻子回答說，語氣還是那樣平和，可是很認眞，「這樣天眞無邪的睡眠！」

這些低聲談話進行著的時候，入睡者的心並沒有激烈跳動，他的呼吸也沒有變得急促，他的面孔也沒有顯示出一絲一毫感到興趣的表情。可是命運之神正在向他彎下身子，準備讓一擔金子落在他的肩上。年老的商人已經失去了他的獨生子，他掙下的產業除了一個遠親以外，再也沒有別的繼承人，而他對這個遠親的品行感到不滿。在這種情況下，人們有時候會做出一些希奇古怪的事情，甚於一個魔術師的所作所爲，會去喚醒一個在貧困生活中入睡的青年起來享受榮華富貴。

「我們不去叫醒他嗎？」婦人又一次地問道。

「先生，馬車修好了，」僕人在身後說。

老夫妻倆吃了一驚，臉刷地紅了，隨即急急忙忙地走開，同時都感到有些納悶：他們怎麼會有做這種荒唐事的念頭呢？商人一屁股坐到馬車裡去，心裡開始盤算如何建立一所華麗的救濟院，收容做生意失敗的人們。與此同時，大衛也還在享受他的睡眠。

　　馬車離開才不過一二英里遠，就有一位漂亮的姑娘走了過來。她的腳步輕盈，表明她那顆幼小的心靈跳動得多麼活潑。也許正是這種歡快的步子，使得她吊襪帶的結子鬆了開來。由於意識到絲的襪帶──如果是絲的話──正在鬆散開來，她便轉向一旁，走近楓樹叢中的隱蔽處，可是她在這裡卻發現了一個小夥子睡在溪水旁！她想到自己竟然闖進一位男子的臥鋪，並且還是爲了這樣一個目的，她的臉霎時羞得緋紅，勝過任何一朵紅玫瑰，她立刻打算踮起腳尖悄悄溜走。但是，有一樁危機正在逼近這個睡覺的人。一隻大黃蜂在他頭上盤旋，嗡嗡嗡地叫著，時而飛到樹叢間，時而掠過一道道陽光，時而消失在朦朧的陰暗處，最後眼看就要降落在大衛・斯旺的眼瞼上了。黃蜂的刺有時是會致命的。這位天眞無邪、心地善良的小姑娘，就用她的手帕去撲打這個入侵者，毫不容情地拂撣牠，終於把牠從樹蔭下趕走了。多麼甜蜜的一幅畫面啊！這件好事做完以後，她的呼吸急促，臉上的羞紅更深了，她偷偷地向年輕的陌生人瞧了一眼，她想，自己爲了他，曾經同空中的一條飛龍進行了一場戰鬥。

　　「他很俊美呢！」她心裡想著，兩腮更加緋紅了。

　　他的心中怎會沒有一個甜蜜的夢發展得如此強烈，並

以其本身的力量把自己衝破，讓他在夢鄉的許多憧憧鬼影中也看到這位姑娘呢？爲什麼他臉上沒有露出哪怕是一次歡迎的笑容呢？按照那個古老而美麗動人的說法，這個少女的靈魂是從他的靈魂分隔開來的，這個少女也是他那模糊、但熱切的憧憬所渴望的。如今她已來到他身邊。只有她，他才會眞心相愛；只有他，才會讓她深深的納入心頭；而如今她的倩影正在他身邊的溪流中微弱地映出羞怯的紅光；如果它消失了，那麼這倩影的幸福光輝將再也不會照臨到他的身上。

「他睡得多麼熟啊！」小姑娘喃喃地說。

她離去了，但是她走路的腳步不再像來的時候那麼輕快了。

這個姑娘的父親是這一帶一位生意興隆的商人，就在這時候他恰巧正在物色一個像大衛・斯旺的小夥子。假如大衛也能和女兒在路邊結識，他就可能當上父親的伙計，其後的一切發展都會在意料之中了。因此在這裡，好運道——最好的運道——又一次悄悄地靠近了他，她的衣裙在他旁邊擦身而過，而他對此卻毫無所悉。

姑娘的身影剛在遠處消失，就有兩個漢子離開大路來到樹蔭下。兩個人的臉都是黝黑的，布帽子歪歪斜斜地扣

在眉毛上面。他們衣衫襤褸,可是式樣相當時髦。這是兩個什麼壞事都幹得出、成天混日子的流氓,而今天在幹別的勾當中途,他們想用下一次犯罪獲取的贓款作為賭注,在大樹底下打一次牌。可是,一發現大衛睡在溪水旁,一個流氓就對他的伙伴耳語道:

「噓!你看見他腦袋下面那個包裹了嗎?」

另一個壞蛋點點頭,使了個眼色,還斜著眼睛看了看。

「我可以跟你賭一杯白蘭地,」頭一個流氓說,「這小子的幾件襯衣裡八成有一只皮夾,要不也有一把零錢。假如不在那兒,我們也會在他的褲子口袋裡找到的。」

「可是,萬一他醒了怎麼辦?」另一個說。

他的同夥把自己的上衣往旁邊一撩,指著一把匕首的把柄,點頭示意。

「就這麼辦!」第二個流氓低聲說。

他們走近毫無自覺險境的大衛,一個人用匕首對準他的心臟,另一個開始掏摸他頭下的包裹。兩張黝黑而冷酷的臉,雙眉間起了皺紋,因壞意和緊張而顯得蒼白。他們俯視著受害者,充滿殺氣。要是大衛突然醒來,一定以為他們是魔鬼了。不僅如此,若是這兩個流氓向旁邊的溪水瞧一眼,恐怕連他們自己也難以認出水中反映的是他們本

人。可是大衛卻流露了從所未有的安詳面容，甚至比他在母親懷裡入睡時的面容還要安詳。

「我必須把包裹抽出來，」一個流氓小聲說。

「他若是動一動，就捅他一刀！」另一個輕輕地說。

然而就在這個時候，有一隻狗在地面上一路嗅著，來到了楓樹叢下，牠望了望這兩個壞人，又看了看這個安睡的人，隨後就舔著溪水喝起來了。

「呸！」一個流氓說，「現在咱們什麼也幹不成啦，這條狗的主人一定就在後面。」

「咱們來喝兩杯就走了吧！」另一個說。

拿著匕首的那個人把武器塞進懷裡，然後抽出一個放在袋裡的傢伙，那可不是一開啓就會殺死人的東西，而是一只裝著酒的長頸瓶子，有一個錫製的平底酒杯扣在瓶口上。兩個流氓滿足地喝了幾口，隨即離開此地。他們一路走著，一邊還互相大開玩笑，並對他們沒能幹成的壞事放聲大笑，幾乎是帶著興高采烈的心情上路了。而才不過幾個小時，他們就把這樁事忘得一乾二淨，卻沒料到專司紀錄的天使已經把這次謀殺罪牢牢地記在他們的靈魂帳上了。至於大衛·斯旺，他依然安詳地睡著，既不曉得死神的陰影曾經一度籠罩在他身上，也沒體會到死神的陰影離

開後獲得新生的喜悅。

他還在睡，但是已經不再像剛才那樣平靜了。一個鐘頭的小憩，已經把數小時長途跋涉所造成的勞累從他那富有彈性的軀體帶走了。現在他動了一下，他的嘴唇也無聲地動了動，他用低沉的嗓音對著午間夢鄉裡的幽靈開始說起話來。可是，一陣車輪的嘈雜聲沿著大路骨碌骨碌地傳過來了，聲音越來越響，終於衝散了大衛的夢之迷霧──原來是一輛公共馬車。他立刻跳起身來，頭腦清醒地奔向前。

「喂，趕車的！還有座位嗎？」他喊道。

「坐到車頂上吧！」趕車的回答。

大衛高高興興地爬上去了，車子隨即向波士頓方向疾速而去，對於那條變幻若夢的溪流，大衛甚至不曾多看一眼向它道別。他既不知道財神的化身曾經把金光投在泉水之上，也不曉得愛神的化身曾經一度對著淙淙的水流喟然嘆息，更不知道死神的化身曾經一度企圖用他的鮮血染紅這一條溪水；所有這一切都是從他躺下來瞌睡開始，短短一個小時之內所發生的事。睡覺也好，醒著也好，我們都聽不到會發生奇事的那些輕盈縹緲的腳步聲。在看不見也料不到的大事不斷地橫生插入我們的前進之路，要進行阻

攔的時候，人生中總歸還會有足夠的規律性來反應了哪怕只是一部分的預見性吧，這難道不能說明一切都是緣於天命嗎？

納旦尼爾‧霍桑（Nathaniel Hawthorne, 1804-1864），美國心理分析小說的開創者，也是美國文學史上首位寫作短篇小說的作家，被稱為美國十九世紀最偉大的浪漫主義小說家。

悅讀分享

　　有位評論者談到霍桑說：「他的短篇小說像是一些色彩斑斕的夢，文字就是這些夢的顏料。用心去讀，你就會發現那文字裡不僅有色彩，還有味道，一股股地直往讀者鼻子裡鑽。氛圍是更重要的一種感覺，讀他的小說，抓住你的往往不是情節，而是這種無處不在的氛圍。」

　　〈大衛‧斯旺〉的主人公在故鄉通往波士頓的路邊小睡了一覺，居然有三批人打過他的主意，也不知該說可惜還是幸運，命運之神走掉了，這位貪睡的主人公從頭到尾也不知發生在自己身上的故事。

　　霍桑的小說從不單純敘事，人物揮手投足的瞬間，情感與思想會讓我們想起李白的〈蜀道難〉：「飛湍瀑流爭喧豗，砯崖轉石萬壑雷」的詩意（漩渦飛轉，瀑布飛瀉，爭相喧鬧著；水石相擊，轉動像萬壑鳴雷一般）。朝陽四射，春潮漫播，牽引著你走出好遠好遠。他的故事彷彿不是由作者之手寫出，而是經自然之力催生。神奇的力量載著無盡的幻想升騰天宇，除非你盡力去想像，否則你將跟不上作者自由的步伐。生活是海洋，所以小說也應該是海洋，裹足如何能前進？關窗何以見陽光？

半張紙

〔瑞典〕 奧古斯特·史特林堡

最後一輛搬運車離去了；那位帽子上戴著黑紗的年輕房客還在空房子裡徘徊，看看是否有什麼東西遺漏了。沒有，沒有什麼東西遺漏，沒有什麼了。他走到走廊上，決定再也不去回想他在這寓所中所遭遇的一切。但是在牆上，在電話機旁，有一張塗滿字跡的小紙頭。上面所記的字是好多種筆跡寫的；有些很容易辨認，是用黑色的墨水寫的，有些是用黑、紅、藍色鉛筆草草寫成的。這裡記錄了短短兩年間全部美麗的羅曼史。他決心要忘卻的一切都記錄在這張紙上——半張小紙上的一段人生事蹟。

他取下這張小紙。這是一張淡黃色有光澤的便條紙。他將它鋪平在起居室的壁爐架上，俯下身去，開始讀起來。

首先是她的名字：艾麗絲——他所知道的名字當中最美麗的一個，因為這是他愛人的名字。旁邊是一個電話號碼：15，11——看起來像是教堂唱詩牌上聖詩的號碼。

　　下面潦草地寫著：銀行，這裡是他工作的所在，對他來說這神聖的工作意味著麵包、住所和家庭，也就是生活的基礎。有條粗粗的黑線劃去了那電話號碼，因為銀行倒閉了，他在短時期的焦慮之後又找到了另一個工作。

　　接著是出租馬車行和鮮花店，那時他們已訂婚了，而且他手頭很寬裕。

　　家具行、室內設計師——這些人布置了他們的這個寓所。搬運車行——他們把東西都搬進來了。歌劇院售票處，50，50——他們新婚，星期日夜晚常去看歌劇。在那裡度過的時光是最愉快的。他們靜靜地坐著，心靈沉醉在舞臺上神話境域的美及和諧裡。

　　接著是一個男子的名字（已經被劃掉了），一個曾經飛黃騰達的朋友，但是由於事業興隆沖昏了頭腦，以致又潦倒到無可救藥的地步，不得不遠走他鄉。榮華富貴不過是過眼雲煙罷了。

　　然後這對新婚夫妻的生活中出現了一個新的名字。一個女子的鉛筆筆跡寫著「修女」。什麼修女？哦，那個穿著灰色長袍、有著親切和藹的面貌的人，她總是那麼溫柔地到來，不經過起居室，而直接從走廊進入臥室。她的名字下面是 L 醫生。

名單上第一次出現了一位親戚——母親。這是他的岳母。她一直小心地躲開，不來打擾這新婚的一對。但她受到他們的邀請，很快樂地來了，因為他們需要她。

以後是紅藍鉛筆寫的項目。傭工介紹所，女僕走了，必須再找一個。藥房——嗯，情況開始不妙了。牛奶廠——訂牛奶了，消毒牛奶。雜貨鋪、肉鋪等等，家務事都得用電話辦理了。是這家女主人不在了嗎？不，她生產了。

下面的項目他已無法辨認，因為他眼前的一切都模糊了，就像溺死的人透過海水看到的那樣。這裡用清楚的黑體字記載著：承辦人。

在後面的括號裡寫著「喪葬事」。這已足以說明一切！——一個大的和一個小的棺材。埋葬了，再也沒有什麼了。一切都歸於泥土，這是一切肉體的歸宿。

他拿起這淡黃色的小紙，吻了吻，仔細地將它摺好，放進胸前的衣袋裡。

在這兩分鐘裡他重新又度過了他一生中的兩年。

但是他走出去時並不是垂頭喪氣的。相反地，他高高地抬起了頭，像是個驕傲的快樂的人。因為他知道他已經嘗到一些生活所能賜予人的最大幸福。有很多人，可惜，連這一點也沒有得到過。

┃作者簡介┃

奧古斯特·史特林堡（August Strindberg, 1849-1912），瑞典作家、劇作家和畫家，現代戲劇創始人之一。他是一位多產作家，在他四十餘年的創作生涯裡，共寫了六十多部戲劇和三十多部著作，其著作涵蓋小說、歷史、自傳、政治和文化賞析等。作品直觀體現他的生活經歷和感受。

┃悅讀分享┃

　　這篇小說只有一千二百字左右，但寫了主人公兩年由甜到苦、由合到散的生活：從戀愛到結婚，新婚燕爾，小倆口週末經常去看歌劇，「他們靜靜地坐著，心靈沉醉在舞臺上神話境域的美及和諧裡」；他曾在銀行工作，失業後又找到新的工作；他的一個「曾經飛黃騰達的朋友」，事業盛極而衰，遠走他鄉。突然間，晴朗的天空風雲突變，妻子難產而死，魂歸離恨天！

　　在這短小的篇幅裡，作家不但寫出了主人公的悲歡離合，更重要的是寫出了他的人生感悟。他雖然遭遇了新婚喪妻又失去孩子的人生無常，但「他高高地抬起了頭，像是個驕傲的快樂的人」。因為他經歷了「短短兩年間全部美麗的羅曼史」，「他知道他已經嘗到一些生活所能賜

予人的最大幸福。有很多人，可惜，連這一點也沒有得到過。」作家就這樣戛然而止，結束了全篇，但搖曳生姿，餘味無窮。

半張紙上的一個個名稱和電話號碼，都與人生當中的一件件重要的事情相應，留給讀者極大的想像空間，又讓這些想像井然有序地排列，從而完成「兩分鐘」到「兩年」的投射。一方面表明了人生「長」與「短」的概念之間的較量，另一方面作者表明了一種生活態度，正如他藉主人公的口所說的：他走出去時並不是垂頭喪氣的。相反地，像是個驕傲快樂的人。

這樣豐富的內容，作家是通過一個極為普通，卻又非常典型的細節來表現的——電話旁邊隨手記錄電話號碼的半張紙。作家只寫了有關人物的身分，甚至連名字都沒有提，對文字的使用到了無可再少的極致，但卻給予讀者豐富的內容，又留給讀者極為寬闊的想像空間。比如寫到那個盛極而衰的朋友，作家只寫了一句「榮華富貴不過是過眼雲煙罷了」。

遠與近

〔美國〕　湯瑪斯·沃爾夫

　　小鎮座落在從鐵路線連綿而來的一片高地上。它的郊外，有一座明淨整潔裝有綠色百葉窗的小屋。小屋一邊有個菜園子，整齊地劃成一塊塊，種著蔬菜。還有一架葡萄棚，到了八月底，葡萄就會成熟。屋前有三棵大橡樹，每到夏天，大片整齊的樹蔭，就會遮蔽這座小屋。另一邊則是一個鮮花盛開的花壇。這一切，充滿著整潔、繁盛、樸素的舒適氣氛。

　　二十多年來，每天列車駛近小屋時，司機總要拉響汽笛。每天，有位婦人一聽到鳴笛，便從小屋的後門出來向他揮手致意。當初她有一個小孩纏著她的裙子，現在這孩子已長成姑娘，也每天和她母親一起出來揮手致意。

　　司機多年操勞，兢兢業業，已經白髮蒼蒼，逐漸老邁了。他駕駛長長的列車橫貫大地已上萬次，他自己的子女都已長大，結婚了。他曾四次在他面前的鐵軌上看到可怕

的悲劇所凝聚的小點，像顆炮彈似的射向火車頭前的恐怖陰影——一輛滿載小孩子的輕便馬車和密密一排驚惶失措的小臉；一輛老舊汽車停在鐵軌上，裡面坐著嚇得呆若木雞的人們；一個沿著鐵路走著，又老又聾的流浪漢，聽不到汽笛鳴聲；一個帶著驚呼的人影掠過他的視窗。

　　所有這些事件，司機都如歷歷在目，記憶猶新。他懂得一個人所能懂得的種種悲哀、歡樂、危險和辛勞。但不管他見識過多少危險和悲劇，那座小屋，那兩個婦女從容的向他揮手致意的景象，始終印在他的心裡，他看作那是美麗、恆久、始終如一的象徵，縱使總有種種災難、悲哀和邪惡試圖打破他鐵一般的生活規律。

　　當他一看到小屋和兩個婦女，立刻使他感到無比的幸福。一百次的陰晴明晦，一千次的風雷雨雪，總會看到她們。通過冬天嚴峻單調的灰濛濛的光線，穿過褐色冰封的大地，他看見她們；在明豔照人的綠色四月裡，也看見她們。他感到她們和她們所住的小屋無限親切，好像父母對於自己的子女一樣。終於，他覺得她們生活的圖畫已深深地印在他的心中，因而他完全了解她們一天中每個時刻的生活。他決定一旦退休了，一定要去找她們，要和她們暢談生平，因為她們的生活已經和他自己的生活深深交融在

一起了。

　　這一天終於來到了！司機在她們居住的小鎮的車站下了車，走到月臺上。他慢慢走出車站，來到小鎮的街上。但所有的東西對他來說都是陌生的，彷彿他從未看過這個小鎮似的。他走著走著，漸漸感到迷惑與慌亂。這就是他經過千萬次的小鎮嗎？這些是他從高高的車廂視窗老是看見的房子嗎？

　　一切是那麼陌生，使他那麼不安，好像夢中的城市似的。他越向前行，他的心裡越是疑慮重重。司機在悶熱和塵埃中沉重地慢慢走著，最後他站在要找尋的房屋前面。他立刻知道他已經找對了。他看到了那屋前高大的橡樹，那花壇、那菜園和葡萄棚，再遠，那鐵軌的閃光。

　　不錯，這是他要找尋的房子，但現在，在門前，手卻發抖了。他終於進了大門，慢慢沿著小徑走去。不一會兒，他踏上通向門廊的三步石級，敲了敲門。一會兒，他聽到客廳的腳步聲，門開了，一個婦女站在他面前。

　　霎時，他感到巨大的失望，後悔走此一遭。他雖然認出站在他面前用懷疑的眼光瞧他的婦人，正是那個向他千萬次揮手致意的人。但是她的臉色嚴峻、憔悴、消瘦；她那灰灰黃黃的皮膚，鬆弛地形成皺褶；她那雙小眼睛，驚

疑不定地直瞪著他。原先,他從她那揮手的姿態所想像的從容、坦率、深情,在此刻看到她、聽到她冷冷的聲音後,剎那間一股腦兒消失了。

　　而現在,他向她解釋他是誰和他的來意時,他自己的聲音聽來卻變得虛偽、勉強了。但他還是結結巴巴地說著,拚命把心中湧出來的悔恨、迷惑和懷疑抑制下去,忘卻他過去的一切歡樂,把他的希望和愛慕的行為視同一種恥辱。那婦人十分勉強地請他進了屋子,尖聲粗氣地喊著她的女兒。在一段短短的痛苦的時間裡,兩個女人始終帶著迷茫的敵意和陰沉、畏怯、抑鬱、遲鈍的眼光瞪著他。最後他結結巴巴生硬地和她們道別。他從小徑出來沿著大路朝小鎮走去。他忽然意識到他是一個老人了。他知道一切有關迷途獲得光明的神話,閃光的鐵路的遠景,希望的美好小天地中的幻想之地,都已一去不復返了,永不再來了。

| 作者簡介 |

湯瑪斯・沃爾夫(Thomas Wolfe, 1900-1938),美國小說家,以混合高度原創、詩意、悲劇、印象派散文與自傳文字而聞名於世。他以敏感、複雜和超分析的觀點在作品中生動地反映美國文化和當代的習俗。

▎悅讀分享▎

　　全文第一段的景物描寫，先交代人物活動的環境和故事發生的地點並渲染美的氛圍，為下文與司機充滿希望的心情做鋪墊。全文先抑後揚，造成心理落差，增加文章波瀾曲折之美。遠望中美好的自然環境與現實中機械單調的社會環境，以及火車司機後來的失落、傷感形成對比，從而揭示小說主題。

　　明淨整潔的小屋、整齊的蔬菜地、葡萄藤、鮮花盛開的花壇，充滿著整潔、繁盛、樸素的舒適氣氛，於小說所要表達的主旨形成鮮明對比，反襯作用強。以和諧的自然環境反襯冷漠的社會環境。

　　多年操勞、孤獨的司機懂得一個人所能懂得的種種悲哀、歡樂、危險和辛勞。在長期工作中養成了忠誠、勇敢和謙遜的品質，並獲得了司機應有的崇高和智慧。很明顯的，火車司機確實已是老人，只是來小鎮之前還有許多理想、美好、幸福和詩意的幻想，沒有意識到老之已至；小鎮之旅摧毀了他美好的寄託，沒有了幻想和希望的生活對老人而言就意味著老去。

　　看似美麗、恆久、從容、坦率、深情、始終如一的那對母女，實則和大眾一樣自私、冷漠、虛偽、勉強、陰沉、

畏怯、抑鬱、遲鈍。

火車司機對工作兢兢業業，因生活單調，目睹諸多悲劇而厭倦現實；但他對生活仍舊充滿熱情與想像，渴望溫馨與美好，幻想在生活之外能存在與現實不同的另一種美，然而殘酷的現實最終摧毀了他的美夢。

火車司機遠望時，將小鎮母女當作心靈寄託，感覺很親近；面對時，卻發現對方的醜陋、冷漠與排斥，感覺很遙遠。火車司機與小鎮母女，活在現實中卻對現實世界感到厭惡，雖近卻遠；心中嚮往的美好世界雖無法抵達，卻支撐著他們的生活，雖遠卻近。

細讀全文後再靜思積澱，不少人生哲理就在其中。

大理石鴿子

〔丹麥〕 凱爾德·阿貝爾

祖母把麵粉、砂糖、雞蛋、奶油、氨粉和碎檸檬皮攪和攪和，再放到熱油裡，把它們變成淡褐色，瞧，這就是油煎餅。油煎餅、猶太餅、點心和糕點，美味得讓人倒胃口，所有食物都放滿了杏仁，地板上到處是白砂糖和罐頭盒蓋子。日曆提醒人們，聖誕節即將來臨了。我的天哪，還有八天就是耶誕節了！

一位愁眉苦臉的姑娘，邊嘟囔邊跨上她的自行車。她叫安娜，父母都去世了。她對人生的一切都毫無興趣，每天只在商店的收銀機前悶悶不樂地工作，如此日復一日，心如死灰。商店裡顧客如潮，來採購最後一批聖誕禮品。對了，您送給弟媳什麼禮物呀？喔，這您放心，她肯定會欣喜若狂的。喔，這確實也是孩子們的節日。有豬肝醬和醃肉吃，醃肉再加上讚美詩，我們還要給聖誕樹披上節日的盛裝，把一顆星星掛在樹頂。紅白相間的柺杖糖在松樹

的馨香中、粧點在繽紛的玻璃球之間——好一個聖誕良辰的熱鬧氣氛！

可是，如果無處享受這聖誕節氣氛，那麼這個日子又有什麼意義呢？安娜邊騎著車邊這樣想。她在車燈裡放上一支聖誕蠟燭，朝著教堂墓地的方向，準備去掃墓。

在墓地門口，她買了一束聖誕節時才會綻放的鬱金香，這束花雖然枝細葉瘦，卻頑強地用它那熾烈的顏色引人注目。安娜要把幾朵插在枝條拂地的松樹上，其餘的再來點綴大理石白鴿子底座周圍的鍍鎳欄杆。當她走上墓地的小徑時，其他掃墓人正陸續離去。他們愉快而迅速地履行了對故人與往事的義務，毫無悲悽之情。這些人掩飾不住臉上急切的神情，那笑咪咪的眼神已經開始幻想著如何改變這個世界，聖誕節的鐘聲和棉花似的雪片，彷彿已預示嶄新的美好未來。

安娜肅立在墓前。這塊在寒冬中由石礫和玫瑰花組成的方寸之地是她的財產，是她在大地臉上的一星私產。安娜悲傷地掃了墓，坐在一張長鐵椅上陷入沉思。她的臉龐已有些憔悴，人們把她忘了，他們對她一向視若無睹。從來沒有人想到她，沒有人送她禮物。墓碑之間的空地是黑的，只有那隻大理石小鴿子散發出潔白的光彩。

　　「你不要緊吧？」那隻鴿子揚了揚頭說，「我心裡好難受啊，我獨自一個陪伴著這墓地，那碑文我都能倒背如流了。你認為這有什麼樂趣嗎？絕對沒有！」安娜頓時目瞪口呆。

　　「是的，你知道什麼叫做難受？我這隻緊閉雙喙的鴿子越來越像漫畫上的禿鷹了。而你跑到這兒來，拔拔草，鬆鬆土，把所有乾枯的樹葉掃到人家的墓地裡，這對你來說只不過是一種樂趣罷了！」

　　「鴿子啊，你怎麼冤枉人呢！」

　　「哼，別把我與那平凡的鴿子混為一談！我是大理石之身。我奉勸你趕快回家，你真讓人討厭。我憎恨那些靠著往事而生存的人，尤其是那些一無所有的人！你只不過是人口普查表上的一張照片，近況：未婚；特徵：接受不起別人的禮物。」

　　「可是從來沒有人給過我什麼呀！」

　　「沒有嗎？我送給你。它不是別的，而是這大地，整個地球！」

　　「可是我要大地有什麼用呢？」她幾乎哭起來，因為那鴿子在逗弄她。

　　「你既不知道人家送你什麼，也不情願接受人家給你

的禮物。實際上，早在許多年前你第一次過生日的時候就得到它了。但是你的父母當時說，對你來說嘛，還是等一等更好。這樣一來，地球殷切地等了你多年，它以爲你總有一天會想到它的，然而你卻沒有。直到現在我再次慷慨地把它送給你，你還是不願接受。它太大了，是不是？放不進抽屜裡。你要大地究竟有什麼用呢？當然是在它的懷抱裡生活，生活——我說的是生活！我的禮物太妙了，簡直太美了！好了，他們要關門了，你還是快走吧。你以爲我願意守在這裡看著你一整夜嗎？」那鴿子不再吭聲了。

在公墓外邊，車水馬龍，熙熙攘攘，人間充滿了音樂聲和油煎餅香，還有用粉紅紙包裝、彩帶纏繞、插著松枝的禮物。所有松樹都像要去參加化裝舞會的人們一樣，被打扮得異常美麗。安娜，那位鬱鬱寡歡的姑娘站在那裡，雙手撫摩著自行車。突然之間，空氣變得清新宜人，點心和炒杏仁的氣味被淨化掉了，那姑娘彎下身去，把手放在大地上說：「謝謝，謝謝，我願意要你。」

當她騎著自行車順著街道駛去時，那馬路說道：「祝你聖誕節快樂！」

| 作者簡介 |

凱爾德‧阿貝爾 (Kjeld Abell, 1901-1961)，丹麥劇作家和小
說家。父親是個中學教員。他本人上過美術學院，當過舞
臺設計、廣告公司職員，以及哥本哈根的世界著名遊樂場
提沃利的藝術指導。1960 年被遴選為丹麥科學院院士。

| 悅讀分享 |

　　小說開頭描寫祖母充滿生活情調的熱烈場面，是爲了
渲染聖誕節的喜慶氣氛，與愁眉苦臉、悶悶不樂的安娜形
成鮮明對比。小說的結尾寫道：「空氣變得清新宜人，點
心和炒杏仁的氣味被淨化掉了。」作者融情於景，烘托出
安娜領悟到生活眞諦後的輕鬆愉快心情。

　　「在公墓外邊，車水馬龍，熙熙攘攘，人間充滿了音
樂聲和油煎餅香，還有用粉紅紙包裝、彩帶纏繞、插著松
枝的禮物。所有松樹都像要去參加化裝舞會的人們一樣，
被打扮得異常美麗。」這是一段景物描寫，在渲染聖誕節
的熱鬧歡慶氣氛；用這種歡慶的場面來感化安娜，使她的
生活態度發生轉變就不顯得突兀。

　　大理石鴿子突然開口說話，從而與安娜進行一場對話，
這是作者運用的浪漫主義手法。作者大膽幻想，通過奇特

的構思，把人的靈性賦予大理石鴿子，並能先知先覺地開導心情憂鬱的安娜明白生活的真諦，形成一種物我一體、幻象幻覺的思想境界，充滿浪漫主義特色。

「大理石的鴿子」突然具有人的靈性，並且能洞察世事、開導主人公安娜，是主人公態度轉變的重要因素，更加強它的點化意義；它並不是真的開口說話，而是安娜的一種幻覺，是安娜自我思索的化身，具有感化作用以及浪漫主義色彩，增添文章的可讀性。

陌生人

〔法國〕　馬塞爾·普魯斯特

　　多明尼克坐在熄滅的爐火旁邊等待他宴請的賓客。每天晚上，他都要邀請幾位爵爺和一些風趣的人跟他共進晚餐。由於出身高貴，富裕而且好客，他從不孤單。柴火尚未點燃，屋子裡的光輝卻已頹然消逝。

　　突然間，他聽到一個聲音，一個遙遠而又貼近的聲音對他說：「多明尼克。」──他分明聽到那聲音在呼喚，在很遠又很近的地方呼喚：「多明尼克。」他嚇得渾身發冷。他從未聽過這種聲音，可是這聲音多麼熟悉，他清楚地分辨出那是一個受害者，一個已經死去、出身高貴的受害者的聲音。他尋思自己過去究竟犯下了哪條罪孽，卻又想不起來。然而這聲音的語調分明在譴責一種罪惡，一種無疑是他在不知不覺中犯下而又應當負責的罪惡──他的悲哀和恐懼便是明證。他抬起眼睛，看見他面前站著一個嚴肅而又親切，模樣混沌不清而又動人心魄的陌生人。多

明尼克用幾句充滿敬意的話向那個憂鬱而又自信的權威致意。

「多明尼克，難道我是你唯一沒有邀請參加晚宴的人嗎？你想用我來彌補舊日的過失，那是錯誤的。當你衰老的時候，我要給你介紹從未來過這裡的其他人。」

「我邀請你參加晚宴。」多明尼克帶著他也不明白的誠摯回答道。

「謝謝。」陌生人說。

他的戒指底座沒有印刻任何徽飾，他通過言語傳遞的思想不曾結出鋒利閃光的寒霜。然而多明尼克對他那親如手足而又強勁有力的目光一見如故，陶醉在一種不可言喻的幸福之中。

「不過，如果你想把我留在你身邊，你就必須打發其他客人離開。」

多明尼克聽見客人在敲門。柴火尚未點燃，屋裡一片漆黑。

「我不能把他們打發走，」多明尼克回答，「我害怕單獨一人。」

「其實，跟我在一起你還是單獨一人，」陌生人悲悽地說，「可是你必須挽留我，你從前錯怪了我，你必須彌

補。比起他們來我更喜歡你，讓我教你怎樣謝絕他們。當你衰老的時候，他們是不會來的。」

「我不能。」多明尼克說。

他明白自己剛才犧牲的是一種高尚的幸福，遵奉的是一種不可推脫而又庸俗不堪的習俗，他爲服從這種習俗所付出的代價根本沒有樂趣可言。

「趕快選擇吧！」陌生人傲慢地催促。

多明尼克去爲客人開門，與此同時他頭也不敢回地問陌生人：「你究竟是誰？」

已經消失的陌生人對他說：「你今天晚上犧牲我去服從這種習俗，到了明天你給我造成的傷口流出的鮮血將會更多。你遵奉的習俗一次比一次專橫，它每天都使你離我更遠，迫使你給我帶來更大的痛苦。你很快就會殺死我，你再也見不到我了。然而比起其他人來，你欠我更多，在不久的將來，這些人會拋棄你。我與你融爲一體而又始終離你很遠，我已經幾乎不存在了。我是你的靈魂，我就是你本人。」

客人們進來了，他們走進餐廳，多明尼克想把他與消失的來訪者的談話講出來，然而，訪客之一的吉羅拉莫看到這個晚宴主人一臉的煩惱和明顯的疲態，不想讓大家掃

興，他就用這樣的結論打斷多明尼克的話題：「永遠不要單獨一個人待著，憂鬱是孤獨的產物。」

接著，大家開始飲酒了。多明尼克毫無喜悅地與人交談，但他卻得到了所有在場顯赫貴客的一致恭維。

| 作者簡介 |

馬塞爾・普魯斯特（Marcel Proust, 1871-1922），二十世紀世界文學史上最偉大的小說家之一，意識流文學的先驅與大師。普魯斯特自三十八歲直至五十一歲去世為止，將自己的美好年華都花在寫作《追憶逝水年華》(*À la recherche du temps perdu*) 這部超長篇巨著。

悦讀分享

　　文中「幸福」和「習俗」有特別的含義。「幸福」是指跟自己的靈魂在一起的充實而又清醒的生活；「習俗」則是指貴族名流浮華虛榮的社交生活。

　　文章最後一段的作用與開頭形成呼應，使文章結構嚴謹：從「毫無喜悅」可看出多明尼克內心受到了震動，也許此後將有所改變；從「一致恭維」可看出其他人仍將繼續下去；客觀而冷靜地批判了延續不斷的貴族名流浮華虛榮的社交生活。文章戛然而止，引人深思，餘味無窮。

　　標題「陌生人」在小說後半才予以點出，有設置懸念，吸引讀者的作用；自己的靈魂是陌生的，可見肉體與靈魂分離之遠，突出文章的諷刺意味；「陌生人」帶給讀者一種「夢幻」感覺，是普魯斯特小說的風格。

　　多明尼克「出身高貴，富裕而且好客」，因爲頻繁出入那些所謂高雅、時髦、五光十色的上流社會的聚會而麻木，內心逐漸空虛且孤獨，那天晚上，「夢幻」般的陌生人觸動了他心中僅存的「靈魂」，使他開始去思考追尋「高尚的幸福」。

一籃雲杉毬果

〔俄國〕　康斯坦丁·帕烏斯托夫斯基

　　作曲家愛德華·葛利格（譯注1）在卑爾根（譯注2）附近的森林裡消磨秋日。

　　所有的森林都是美的，那裡的蘑菇幽香沁鼻，樹葉籁籁有聲。但是最美的還是海邊山上的森林。這裡可以聽見波浪拍岸的聲音，海面經常有煙霧彌漫過來。潮氣既濃，就使苔蘚一味瘋長，綠茸茸的一縷一縷從樹枝上直掛到地面上。

　　此外，在山上森林裡還有情趣盎然的回聲，有如善於模仿某些同類叫聲的模仿鳥。那回聲一直在等待機會，一捕捉到任何聲響，就度岩穿林把它反送出來。

　　有一回，葛利格在山上森林裡遇見一個梳兩條小辮子的小姑娘，那是森林護管員的女兒，正往籃子裡撿雲杉毬果。

　　秋天裡，要是把大地上所有的黃金和銅都集中起來，

鍛造出千萬片薄薄的葉子，也只能湊成山上秋裝的微不足
道的部分。何況鍛造的葉子比起眞的葉子，尤其是白楊樹
葉，要粗糙多了。誰都知道，小鳥的啁啾也會使白楊樹葉
瑟瑟發抖的。

「小姑娘，你叫什麼名字？」葛利格問道。

「達格妮·貝德爾森。」小姑娘輕聲答道。

她回答的聲音那麼輕，倒不是因爲害怕，而是有點難
爲情。她沒有害怕的道理，因爲葛利格的眼睛裡含著笑意。

「眞不巧！」葛利格說，「我沒有東西可以送你。我
的口袋裡沒有娃娃，沒有花飾帶，也沒有天鵝絨做的兔
子。」

「我有媽媽的舊娃娃，」小姑娘回答，「原本她是會
閉眼睛的。你看，就像這樣！」

小姑娘慢慢地閉上眼睛。等她再睜開來時，葛利格發
現她的眸子是碧瑩瑩的，金色的樹葉在裡頭微微閃耀著火
一樣的亮光。

「不過，現在她都睜著眼睛睡覺，」達格妮難過地說。
「老人都睡不好覺。爺爺就整夜一直哼啊哼。」

「聽我說，達格妮，」葛利格說道，「我想好了，我
要送你一件有趣的東西。不過現在不行，大概要十年以

後。」

達格妮舉起兩手一拍。「唉，要這麼久哪！」

「你可知道，這東西我還得做起來哩。」

「是什麼東西呢？」

「以後你就知道了。」

「這麼說，」達格妮嚴肅地說道，「您一輩子就只能做五、六件玩具了？」

葛利格不好意思起來。

「那也不，不是這麼回事，」他遲疑地反駁說。「也許我幾天就可以做成。但是這樣的東西不是送給小孩子的。我是為大人做的。」

「我不會打破的，」達格妮一邊懇求，一邊拉葛利格的袖子。「我也不會弄壞。爺爺有一隻玻璃做的玩具船，我幫它擦灰塵，從來沒有碰壞過一點點。」

「這丫頭，把我全攪亂了，」葛利格懊喪地想，他像一般大人在小孩面前落到尷尬境地那般說道，「你還小，你還不大懂。你要學會忍耐。現在把籃子給我吧。你拿著太重了。我送你，咱們說點別的。」

達格妮嘆了口氣，把籃子遞給葛利格。那籃子的確不輕。雲杉毬果含的樹脂很多，因此比松毬果重得多。

等他們走到可以看見在樹木掩映下，森林護管員的房子以後，葛利格說：「好啦，現在你自己可以回家了，達格妮·貝德爾森。挪威很多小姑娘姓名都跟你一樣。你父親叫什麼？」

「哈格魯普。」達格妮答罷，又皺起額頭問：「您不去我們家嗎？我們家有繡花的臺布、棕黃色的貓，還有玻璃船。爺爺會讓您拿玻璃船的。」

「謝謝。現在我沒工夫。再見吧，達格妮。」

葛利格摸了摸小姑娘的頭髮，向大海那邊走了去。達格妮緊鎖雙眉，看著他的背影。她把籃子拎歪了，毬果一個一個掉落下來。

「我要寫一首曲子，」葛利格拿定了主意。「我讓封面印上：獻給達格妮·貝德爾森——森林護管員哈格魯普·貝德爾森的女兒，當她滿十八歲的時候。」

卑爾根一切依舊。

葛利格把所有會使聲音受些微影響的東西——地毯、簾子、軟座家具都搬出了房子，只留下一張老舊的長沙發。那長沙發可以坐十個人，所以葛利格沒有下決心把它扔出去。

　　朋友們說作曲家的房子像樵夫的家。房子裡好看的東西就只是一架鋼琴。一個人倘有想像的天賦，他會在這白白的四壁之間聽到奇妙的東西——從煙波浩渺的北方海洋上的海潮音，海潮上空吟嘯著粗野韻詩的風，到小姑娘拍著破布娃娃唱的歌。

　　不論是人們想建立豐功偉績的衝動，還是動人的愛情，鋼琴全可以彈奏出來。黑白琴鍵在葛利格有力的手指下奔馳著，時而憂戚，時而歡笑，時而像暴風怒吼，最終戛然靜息。

　　在靜息中只有一根細弦還久久地響著，彷彿這是受了姐姐欺侮的灰姑娘在哭泣。

　　葛利格把身子向後仰著細聽，直到這個最後的聲音消失在早已住著一隻蟋蟀的廚房裡。

　　只聽見水龍頭裡的水以節拍機的精確度，一秒一秒地數著，一滴一滴地落下來。那水滴在反反覆覆地說：時間不等人，趕緊去做心裡想做的一切！

　　葛利格為達格妮寫曲寫了一個多月。

　　時令已交初冬。煙霧籠罩著整個城市。生了鏽的輪船從各個國家開來，靜靠在木碼頭旁邊，斷斷續續釋放蒸汽，發出輕微的嘶嘶聲。

不久，下雪了。葛利格從視窗看見雪花迴旋飛舞，一片片粘在樹梢上。

無論我們的語言多麼豐富，但想用語言來傳達音樂，絕對是不可能的。

葛利格寫著少女時代和幸福的無盡之美。

他一邊寫，一邊看見那個眼睛碧瑩瑩的小姑娘，歡天喜地、氣喘吁吁地迎面向他跑來。她摟住他的脖子，拿熱烘烘的臉蛋貼在他花白鬍子的面頰上。「謝謝！」她說著，儘管自己還不知道為什麼要謝他。

「你好像太陽，」葛利格對她說，「好像溫柔的風、清新的早晨。你的心裡開了一朵白花，使你全身充滿了春天的芬芳。我看到了生活。不管人家對你說生活如何如何，你要永遠相信，生活是無比美好的。我老了，但是我把生活、工作、才能都獻給了青年。把一切都永遠地獻給了他們。或許我比你還更加幸福呢，達格妮。

「你是放射奇光的白夜。你是幸福。你是流麗的朝霞。你的聲音讓人心弦顫動。

「凡是在你周圍的、能接觸到你的、你能接觸到的、使你高興的、讓你思索的一切，都會是很美好的。」

葛利格這樣想著，並把所想的一切彈奏出來。他懷疑

有誰在偷聽。他甚至猜到是誰在偷聽。那是樹上的山雀、從港口過來玩耍的水手、鄰家的洗衣女、蟋蟀、沉沉低空飄下來的雪花，還有穿著打補丁衣服的灰姑娘。

他們各有各的聽法。

山雀如痴如醉。不管牠們怎樣跳來蹦去，那嘰嘰喳喳聲還是不能壓過鋼琴聲。

玩耍的水手們隨便坐在房子的臺階上，一邊聽，一邊啜泣。洗衣女伸直腰，用手掌擦著發紅的眼睛，微微搖著頭。蟋蟀從瓷磚小壁爐的裂縫中爬出來，從小縫口窺視葛利格。

天上落下來的雪花停在半空，聽著房子裡像一條條小溪似地奔流出來的樂聲。灰姑娘綻開笑臉，看著地板，她的赤腳旁擺著水晶鞋。那雙鞋子不住地震顫，彼此相碰，回應著從葛利格房間裡飄來的和弦。

比起音樂會上身著盛妝、彬彬有禮的人來，葛利格更加看重這些聽眾。

達格妮十八歲時，從中學畢業了。

為此父親打發她到克里斯蒂安尼亞（譯注3）的瑪格達姑姑家去作客。讓小姑娘（儘管達格妮已是個身材俊俏、

梳兩條淺金色粗辮子的大姑娘了，父親卻認爲她還是個小姑娘）去見見世面，看看人們過的日子，也去好好玩幾天。

誰能知道達格妮前途如何呢？也許會嫁個誠實、體貼、但是乏味、有點吝嗇的丈夫？或者在鄉村小鋪子裡當個店員？或者在卑爾根眾多的輪船公司中找一個差事做？

瑪格達是劇院裡的裁縫。她的丈夫尼爾斯在同一劇院當理髮師。

他們住在劇院的一個小房間裡。從這裡可以看見飄著五顏六色船旗的海灣，以及易卜生紀念碑。

窗戶敞開著，整天可以聽見輪船的汽笛聲。尼爾斯姑丈總愛琢磨它們的聲音。據他說，他可以正確無誤地知道是哪一艘船在鳴笛，是哥本哈根來的「諾爾德爾內」號、格拉斯哥來的「蘇格蘭歌手」號，還是波爾多來的「貞德」號。

瑪格達姑姑的房間裡有許多演戲用的東西：錦緞、絲綢、抽紗、條帶、花邊、插著黑色鴕鳥羽毛的老式細氈帽、吉卜賽女郎的披肩、灰白的假髮、帶銅馬刺的騎兵長靴、長劍、扇子，還有銀線繡的、凹折處已破損的鞋子。這些東西都得由她來縫合、修補、清洗和熨平。

牆上掛著從書籍、雜誌上剪下來的畫片，諸如路易

十四時代得勛章的人、穿鐘式大裙襬的美女、盔甲騎士、穿無袖長衣的俄國女人、水手，或是頭戴柞樹花冠兼做生意的海盜。

要到這房間去，得爬很陡的梯子，那屋總有一股顏料和調在金粉裡的清漆發出的氣味。

達格妮常常去看戲。這是很誘人的事。但是看過戲以後，達格妮卻久久不能入睡，有時甚至躺在床上哭泣。

這把瑪格達姑姑嚇壞了，於是就來安慰她，勸她不要盲目相信舞臺上演的事。但是尼爾斯姑丈卻罵瑪格達是「抱窩母雞」，而且他的觀念完全相反，他認為應該要相信戲裡的一切，要不然，人們就不需要任何戲劇了。達格妮也就相信了。

不過瑪格達姑姑還是堅持，應該去音樂會聽聽音樂，換換口味。

這一點尼爾斯並不反對。他說：「音樂是天才的鏡子。」

尼爾斯喜歡把話說得高雅、玄妙。他說達格妮好比是序曲的第一個和弦。他又說，瑪格達對於人們有魔法般的權力。意思是，瑪格達是縫戲裝的，誰不知道一個人每回

穿上新的衣服就會完全變樣。你就看吧，同一個演員，昨天是卑鄙的凶手，今天是熱戀的情人，明天是宮廷小丑，後天又是人民英雄了。

「達格妮，」瑪格達每逢這種時候就喊道，「塞住耳朵，別聽他瞎扯！他自己都不明白說的什麼，這個愛發議論、窮酸的傢伙！」

那是在溫暖的六月裡，正是「白夜」（譯注4）來臨的時節，城市公園裡正舉辦露天音樂會。

達格妮跟著瑪格達和尼爾斯去聽音樂。她想穿上唯一的一件白衣服。但是尼爾斯說，漂亮姑娘的衣著，應該從周圍環境中顯得突出才好。總之，他就這個問題發表的一席話，可歸結為：白夜必須穿黑衣服，反之，黑夜就應該穿白衣服，顯得白亮。

要駁倒尼爾斯是不可能的，於是達格妮穿上了用柔軟光滑的天鵝絨做的黑衣服。這件衣服是瑪格達從劇院服裝部拿來的。

達格妮穿上以後，瑪格達不能不同意，尼爾斯說的話看來是對的了——任何東西也不能像這神祕的天鵝絨一樣，使達格妮如凝脂般的臉龐和閃著淺金色的辮子顯得格外分明了。

　　「你瞧，瑪格達，」尼爾斯姑夫輕聲說道，「達格妮這麼漂亮，好像是要赴頭一次約會。」

　　「眞是的！」瑪格達答道。「你跟我初次約會的時候，不知道爲什麼，我在跟前看到的不是個熱情如火的美男子，倒是個嘰嘰啾啾的小夥子。」

　　瑪格達說著，吻了吻尼爾斯姑丈的頭。

　　夜晚，港口一尊古老的大炮照例鳴炮以後，音樂會開始。鳴炮是表示太陽已經下山。

　　儘管是在晚上，無論是樂隊指揮還是樂隊成員，都沒有開啓樂譜架上的小燈。晚上清光大好，椴樹叢中的燈已點亮，顯然只是爲了把音樂會妝點得好看一些。

　　達格妮是頭一回聽交響樂。交響樂對她發生了奇妙的作用。樂隊抑揚婉轉，或雷鳴般的聲響，使達格妮腦海中浮現出一幕幕夢幻似的景象。

　　後來她猛地一抖，抬起了眼睛。她彷彿聽見那個穿燕尾服、報節目的清瘦男人在臺上叫她的名字。

　　「姑丈，是你叫我嗎？」達格妮問尼爾斯姑丈，並向他看了看，立刻就皺起了眉頭。

　　尼爾斯姑丈看著達格妮，那神情不知是驚嚇，還是讚賞。瑪格達姑姑拿手帕捂著嘴，也這樣看她。

「怎麼回事啊？」達格妮問道。

瑪格達抓住她的一隻手，悄悄說：「你聽！」

這時達格妮聽見穿燕尾服的人說：「最後幾排聽眾要我再報一遍，好，下面要演奏的是愛德華‧葛利格的一首著名樂曲，是為森林護管員哈格魯普‧貝德爾森的女兒達格妮‧貝德爾森滿十八歲而作的。」

達格妮使勁喘一口氣，以致胸口都痛了起來。她本想喘這一口氣，好抑住喉頭的哽咽，但無濟於事。她彎下腰，用兩隻手掌摀住臉。

起初她什麼也沒有聽見。她的內心有如風狂浪湧。後來終於聽見了牧笛在清晨如怨如訴，隨即弦樂團以千百個聲音微微顫動，回應起來。

旋律在發展，在上升，像狂風襲捲，刮過樹梢，吹落樹葉，搖動青草，把清涼的葉屑打在人臉上。達格妮感到音樂引起空氣的一陣陣振動，她盡力讓自己平靜下來。

是的！這是她的森林，她的故鄉！她的群山，如怨如訴的牧笛，她的海潮音！

玻璃船行駛中海水泡沫紛起，風在船上的纜繩間呼嘯。這個聲音不知不覺地變為森林中鈴鐺叮噹，空中飛鳥啁啾，孩子們相互叫喚，又變為少女之歌──清晨情人往

她的窗口扔進一把沙子。這首歌，達格妮在自己山裡常聽見。

這麼說，那就是他了！那個頭髮花白、幫她把一籃雲杉毬果送到家的人。那是愛德華・葛利格，是一位魔法師、一位偉大的音樂家！她曾經責備他做東西速度太慢呢。

如今，他答應十年以後為她做成的禮物已呈現在面前！

達格妮毫不掩飾地流著感激的眼淚。這時候，從地面到低浮在城市上空的雲彩之間的整個天地，都響徹了音樂。一陣陣旋律激盪著雲層，有如水波微興；穿過這雲層，可以望見晶瑩的星星。

音樂已經不是在奏悅耳的聲音。它是在呼喚。呼喚人們隨它到一個國度去，那裡任何痛苦都不會使愛情冷卻，那裡任何人都不會彼此剝奪幸福，那裡的太陽好像童話中善良女巫頭髮上的金冠，光輝燦爛。

在樂聲奔騰中，突然發出熟悉的人語聲。「你是幸福，」他說。「你是流麗的朝霞！」

音樂靜息了。掌聲逐漸響起來，一波波越來越響，有如雷鳴。

達格妮站起來，快步朝公園出口走去。大家轉過頭看

她。也許有些聽眾已猜想到，這個姑娘就是葛利格要把他的不朽作品獻給的達格妮·貝德爾森。

「他去世了！」達格妮想。「為什麼？」倘若能看到他，那多好啊！倘若他在這裡，那多好啊！她的心會怎樣劇烈地跳動著，迎著他跑去，摟住他的脖子，拿淚水汪汪的面頰緊貼他的臉龐，只說兩個字：「謝謝！」「為什麼？」他會問道。「我不知道……」達格妮回答，「為了您沒有忘記我。為了您慷慨。為了您在我面前揭開了一個人在精神上應該寄託的那種美好的東西。」

達格妮在空蕩蕩的街上走著。她沒有發覺瑪格達派尼爾斯跟在她後面，努力不讓她看見。尼爾斯像醉漢似地搖搖晃晃，嘴裡嘟噥著他們平凡生活圈子中出現的奇蹟。

朦朧的夜色還籠罩著城市。但視窗裡已透進北方的迷離曙光，稍稍帶點兒金色。

達格妮向海邊走去。大海仍在沉睡，沒有一點波動。

達格妮雖然自己還有些茫茫然，但是整個身心都感覺到這個世界是如此美好，不由把手緊緊一捏，呻吟了起來。

「聽我說，生活，」達格妮輕輕地說，「我愛你啊！」

她笑了起來，一邊睜大眼睛看著輪船上的燈火，燈影在透明的、灰色的水中慢慢地晃動者。

　　站在不遠處的尼爾斯聽見了她的笑聲，回家去了。現在他不必替達格妮擔心了。現在他知道她的生活不會白過了。

譯注：

1.愛德華‧葛利格（Edward Grieg，1843-1907），挪威作曲家。

2.卑爾根（Bergen），挪威西部的一個海港。

3.克里斯蒂安尼亞（Kristiania），挪威首都奧斯陸的舊稱。

4.北極圈以內的區域，如挪威，在夏季的午夜，太陽不會沒入地平線下，稱為「白夜」。

| 作者簡介 |

康斯坦丁‧帕烏斯托夫斯基 (Konstantin Paustovsky, 1892-1968)，俄國作家，其重要作品有《黑海》、《森林的故事》、《一生的故事》等，作品多以自然為主題。1956 年出版的散文集《金薔薇》是一部文學散論集，它以簡潔的敘述和獨到的見解，成為一代人的「文學教科書」。

▎悅讀分享▕

　　這是一篇極富音樂美的抒情散文小說，本身就是一曲有著大海般寬闊、深厚的「愛的禮讚」。挪威作曲家葛利格（Edvard Grieg）送給小姑娘達格妮的禮物，是一曲優美的「達格妮之歌」，是對尚未走向生活的兒童、青年的最美好祝福：為他們「揭開了一個人在精神上應該寄託的那種美好的東西」，似空山新雨後的清新甘泉，甜甜地流淌著、流淌著……，只要人類昂揚向上的美好心靈尚存，這種浪漫情調的詩意品質，也就具有其永久的價值意義。品味這類作品，無疑會激發讀者對「愛」——這一人類的珍貴情感作更深刻的認知，它的真諦究竟是什麼？它在美學意義上的崇高內涵又是怎樣地以質樸的言、行、情感等體現在看似平凡的日常生活之中？它源自心靈，在物化的過程中，滋潤、感動另一顆心靈的原始動機究竟緣何而生？

勞動、死亡和疾病

〔俄國〕 列夫·托爾斯泰

　　這是一個流傳在南美洲印第安人之間的傳說。

　　他們說，上帝最初造人是使他們沒有必要勞動的：他們既用不著房屋，也無須衣食。他們都能活到一百歲而不知道疾病為何物。

　　過了一些時候，上帝想去看看人們生活得怎麼樣了。這時候，祂看到人們生活得並不幸福，倒是互相吵架，各顧自己，不僅體會不到生活的樂趣，甚至詛咒起生活了。

　　這時，上帝對自己說：「這是他們各自分開過活的結果了。」為了改變這種狀況，上帝決定：人們要過日子，就必須勞動。於是，人們為了免去受凍挨餓之苦，不得不建造屋舍、開墾土地、栽種果樹和穀物了。

　　「勞動會把他們聯繫在一起的，」上帝心想，「要是他們都是孤身一人，他們就造不了工具，伐不了樹、運不來木材、也蓋不了房子，種不了地、也收不了莊稼，紡不

了紗、織不了布，也做不成衣服。」

「這將會使他們懂得，他們一起勞動得越愉快，他們的收穫就會越多，生活就會越好；這就會使他們團結起來。」

過了一些時候，上帝又來看人們的生活情形，看看他們現在是否幸福了。

但是祂發現，他們生活得比以前更糟。他們勞動在一起（那是不得已的），但也不是大家都在一起，而是分成一夥一夥的。每一夥都想把另一夥的工作搶過來。他們互相掣肘，把精力和時間都浪費在鬥爭之中。所以他們的情況都很糟。

看到眼前這個情況依舊不好，上帝於是決定，要讓人們不知道自己的死期，而隨時都有可能死亡；祂還向他們宣布了這件事。

「要是人們知道自己隨時都會死亡，」上帝心想，「就不會為爭奪那些身外之物而浪費他們的有生之年了。」

但是事情的發展卻在意料之外，當上帝又來察看人間的情形時，祂發現，他們的生活還是跟從前一樣糟。

那些最強的人，利用人隨時會死這個事實，降服了一些較弱的人，殺掉其中一些人，又用死去威脅另外一些人。

結果是，最強的人和他們的兒孫後代都不勞動，閒散得百無聊賴，而那些弱者卻必須拚死命地勞動，長年不得休息。這兩種人都互相害怕，彼此憎恨。人的生活變得更不快活了。

看到這些情況，上帝決定使出最後一招來補救：祂把各式各樣的病魔派到了人間。上帝認為，當所有的人都有可能受到疾病的威脅時，他們就會懂得，那些身體強健的人應該憐憫並且幫助那些患病的人，因為他們自己一旦生起病來，那些沒有病的人也很可能轉過來幫助他們。

上帝又走了。但是當祂回來看看人們都有疾病危機之後的生活情形時，祂發現他們的生活比以前更糟了。上帝的本意原是要讓疾病使人們團結起來，現在呢，疾病卻使人們陷於更大的分裂。那些強健得足以迫使別人勞動的人，得病時就強迫他們來侍候自己，但是臨到別人得病時，他們卻並不去照料別人。那些被迫替別人勞動、在別人生病時又被迫去侍候他們的人，工作是如此的勞累，以致他們都沒有時間來紓解自己的病痛而只好聽天由命了。為了使病人的患病景象不致妨礙身體強健的人行樂，人們就把病人和健康的人的房子遠遠分開，而這些健康的人的同情本來是會使這些可憐的病人的心情快活起來的，現在這些病人只有在他們的房子裡受苦，死在僱來看護他們的那些

人的懷裡了。這些雇來的人不僅沒有熱情，甚至還帶著厭惡的心情。此外，人們還認為許多病是會傳染的，由於害怕傳染，他們不僅躲開患者，甚至把他們自己同照料病人的人都隔離開來。

這時候，上帝就對自己說：「如果這一招還不能使人們懂得他們的幸福所在，那麼，就讓苦難來教訓他們吧！」於是，上帝撇下人們不管了。

人們被撇下以後過了很久，這才明白，他們大家是應該而且也是可以過得幸福的。只是到了最近，才有少數幾個人懂得，勞動不應該成為某些人的苦事，也不應該是為別人而做的苦役。它應該是使所有的人都團結起來，共同完成的美事。他們開始懂得，死亡時時在威脅著我們每一個人，大家唯一合乎理性的事，就是在團結和友愛中度過我們有生之年的每分每秒。他們開始懂得，疾病絕不應該把人們分開，恰恰相反，它應該提供互愛團結的機會。

| 作者簡介 |

列夫‧托爾斯泰（Leo Tolstoy, 1828-1910），俄國小說家、哲學家、政治思想家，也是非暴力的基督教無政府主義者和教育改革家。著有《戰爭與和平》、《安娜‧卡列尼娜》和《復活》這幾部被視作經典的長篇小說，被認為是世界最偉大的作家之一。

| 悅讀分享 |

　　故事中的上帝為了把人們從吵架、爭鬥的不幸生活之中解救出來，先後把勞動、死亡和疾病重壓給人類，為的是讓人們覺悟。但是看到人們依然不能覺悟時，「上帝撒下人們不管了」──上帝死了！上帝不存在了！而「人們被撒下以後很久才明白，他們是應當而且也是可以過得幸福的。」他們開始懂得了「唯一合乎理性的事，就是在團結和友愛中度過我們有生之年的每分每秒。」

　　與其說是在指責上帝外在懲戒的無能，不如說是在指出，人心不與天道溝通，上帝就不存在，外在的懲罰和戒律都無濟於事。而故事的結局又正好說明，人是能夠自救的：因為上帝的心思──天理本來就在人的心中，這就是理性。實際上，托爾斯泰在作品中反覆述說著這一思想。

三位「世界短篇小說之王」的名作

大學生

〔俄國〕　安東·帕夫洛維奇·契訶夫

　　天氣原本很好，沒有風，鶇鳥在高聲叫喚，近處的沼澤地裡有個什麼動物在悲鳴，像是朝一個空瓶子裡吹氣。有一隻山鷸飛過，有人向牠開了一槍，那槍聲在春天的空氣中，發出清脆而歡快的聲響，但一當林子裡黑了下來，一陣刺骨的寒風不合時宜地從東邊吹了過來，一切都歸於寂靜。水窪上浮起了一層薄冰，森林變得陰森、荒涼和寂寥，透出冬的氣息。

　　伊凡·維利柯波爾斯基，這位神學院的大學生，教堂執事的兒子，打完山鷸回家，一路走在被水淹沒的草地小徑上。他的手指凍僵了，臉孔被風吹紅了。他覺得這突然襲來的寒流打破了周遭的秩序與和諧，連大自然都惶恐震顫，以至於黃昏也比往常提早降臨。滿目蒼涼，一片昏暗，只有座落在河邊的那處寡婦菜園裡還閃耀著燈火，而四里地外的村莊全都籠罩在陰冷的暮色中。大學生想起，當他

離開家門的時候，母親正赤著腳坐在過道的地板上擦拭茶盤，父親則躺在灶臺上咳嗽，這天正是基督受難日（譯注1），家裡沒有備餐，大家都餓著肚子。現在，大學生凍得瑟縮著身子，他心裡想，無論是在留里克王朝的時代（譯注2），還是在伊凡雷帝時代（譯注3），或是在彼得大帝時代（譯注4），都曾經刮過這樣的寒風，在他們那個年代照樣有過如此的貧窮、饑餓，有過這樣四面透風的茅屋，這樣的愚昧，這樣的哀傷，這樣滿目荒涼的黑暗，這樣的壓抑。所有這些可怕的災難，從前有過，現在還有，將來也會有，因此再過幾千年之後，生活也不會得到改善，於是他想回家。

菜園之所以稱為寡婦菜園，是因為菜園的主人是一位寡婦和她的女兒。篝火燒得真旺，不時爆出清脆的響聲，把四周遠處的耕地照得通明。母親瓦西麗莎是個又胖又高的老太婆，穿著男式的短皮襖，沉思地站著凝望火堆；她的女兒盧基麗婭長著一臉麻子，個子小又其貌不揚，正坐在地上擦拭一個鐵鍋和幾把湯勺，顯然她們剛剛吃過晚飯。此時傳來男人的說話聲，是附近的工人帶馬到河邊飲水。

「冬天來了。」大學生走近篝火堆說，「你們好！」

　　瓦西麗莎的身子動了一下，但隨即認出是大學生，微笑著向他表示歡迎。

　　「認不得了，上帝保佑你，」她說，「許是發財啦！」（譯注5）

　　他們開始聊天。瓦西麗莎是個見過世面的女人，以前曾在一家財主家當過奶媽，後來當了保母，說話很有分寸，臉上一直堆著溫柔的微笑。他的女兒盧基麗婭卻是個曾受丈夫虐待的村姑，她只是靜靜地眯著眼睛朝大學生瞅，神態像個聾啞人一般怪異。

　　「使徒彼得當年也是在這樣一個寒夜到篝火旁取暖，」大學生說，一邊把雙手伸到火堆旁，「這就是說，那天也很寒冷。啊，那是一個多麼可怕的夜晚！那是一個無比傷心的長夜呀！」（譯注6）

　　他看了看漆黑的四周，神經質地搖晃了一下腦袋，問：「你想必聽人讀過《福音書》吧？」

　　「聽過。」瓦西麗莎回答。

　　「如果你記得，在那個神祕的夜晚，彼得對耶穌說：『我就是同你下監，同你受死，也是甘心。』主卻回答他說：『彼得，我告訴你，今日雞還沒有叫之前，你要三次說不認得我！』傍晚後，耶穌在花園裡愁悶異常，不停地

禱告，而可憐的彼得精疲力竭，眼睛都張不開了，他無論如何抵擋不住睡意，他睡著了。後來，你也聽過了，猶大在那個夜晚吻了耶穌，把祂出賣給折磨他的人。他們把祂捆綁起來，送到大司祭面前，還毆打了祂。而你也知道，彼得已經累極了，心裡很痛苦，還受著驚嚇，也沒有睡飽，他預感到在這個人世間要發生一件可怕的事情，便跟著走去……」

「他深深地熱愛著耶穌，而現在他遠遠地看到人家在毆打祂……」

盧基麗婭把湯勺放到一邊，凝視著大學生。

「他們到大祭師跟前，」大學生繼續講述著，「他們開始審訊耶穌，而因為天氣很冷，他們在院子裡燒起一堆火取暖。彼得也和他們一起站在篝火旁邊取暖，像我現在一樣。這時，有一個婦女看見了他，說：『這個人素來也是同那人（耶穌）一夥的。』就是說，應該把他一起抓去受審。所有那些站在火堆旁邊的人大概都用懷疑的目光嚴厲地盯著他，他顯得有點窘迫，說：『我不認得祂。』過了一會兒，又有一個人認出他是耶穌的一個門徒，說：『你也是他們一黨的？』但他又一次否認了。後來有人第三次對他發難：『今天我看到和祂一起在花園裡的，難道不就

是你嗎？』他第三次否認了。而就在這個時刻，雞叫了。彼得遠遠地看著耶穌，想到昨晚耶穌對他說的話……他回想起來了，醒悟過來了。便走出花園，傷心地哭泣起來。在《聖經》上這樣寫著：『他就出去痛哭。』我這樣想像：一個安靜的、黑漆漆的花園，在這一片寂靜中隱隱傳來聲聲低沉的哭泣……」

　　大學生嘆了口氣，陷入沉思。瓦西麗莎雖然還在微笑，但突然間哽咽了一聲，大顆眼淚泉湧般從她臉頰流下。她用衣袖遮住臉，擋住火光，像是在為自己的眼淚感到害羞。而盧基麗婭一動不動地瞧著大學生，臉孔漲紅了，她的表情緊張而沉重，像是一個人正承受著巨大的痛苦。

　　工友們從河邊回來了，其中一個坐在馬上，已經走近，篝火的光在他臉上閃耀。大學生跟兩位寡婦道了晚安，繼續去趕路。黑暗重新降臨，手指凍僵了。刮著凜冽的寒風，冬天真的來了，後天就是復活節。

　　現在大學生想到了瓦西麗莎：如果她哭了，也就意味著，使者彼得在那個可怕的夜晚所經歷的一切與她不無關係……

　　他回頭看了一眼，孤獨的篝火在黑暗中靜靜地閃耀，火堆旁已見不到人影。大學生又想，如果瓦西麗莎哭泣了，

而她女兒驚悚了，這就清楚的表明，他剛才講述的那個發生在一千九百年前的故事，與今天、與這兩個女人，大概也與這個荒涼的村莊、與他本人，以及所有的人都有關係。如果這位老寡婦哭了，這原因不在於他那富於感染力的講述，而是因為彼得讓她感到親切，她全心地關心在彼得的心靈中曾翻騰過的波瀾。

喜悅之情突然在他心中激盪起來，他甚至為了喘一口氣，在原地站了一會兒。他想，過去與現在是由一連串連綿不斷、由此及彼的事件聯繫起來的。他覺得自己剛才已經看到了這個鎖鏈的兩端：只要觸動一端，另一端就會震顫。

他坐船渡了河，然後爬上山崗，看著自己的故鄉，見到西天的一道紫霞在閃光。他想，過去曾經在那花園和大祭司的院子裡指引過人類生活的真與美，直到今天還在持續地指引著人類生活，而且看來，會永遠地成為人世生活中的主要原則。青春的感覺，健康、力量──他才二十二歲啊──還有那對於幸福，那玄妙的、無法形容的甜蜜預感，漸漸的籠住了他，生活讓他感到是美妙的，令人神往的，充滿崇高意義的。

譯注：

1. 基督教節日，在復活節前的星期五。

2. 留里克為西元九世紀的諾夫哥羅德大公，其子伊戈爾為俄羅斯國家的第一個王朝——留里克王朝的建立者。

3. 即俄國沙皇伊凡四世（1530-1584），俄羅斯沙皇國的開創者。

4. 即俄國沙皇彼得一世（1672-1725）。

5. 俄羅斯習俗，當熟人相遇，一時未能認出對方，在認出後，即用此語解嘲。

6. 指《聖經》上所載耶穌被捕的那一夜，詳見〈路加福音〉。

| 作者簡介 |

安東‧帕夫洛維奇‧契訶夫（Anton Pavlovich Chekhov, 1860-1904），俄國的世界級短篇小說巨匠，其劇作也對二十世紀戲劇產生了很大的影響。他堅持現實主義傳統，注重描寫俄國人民的日常生活，塑造具有典型性格的小人物，藉此忠實反映出當時俄國社會現況。他的作品具有三大特徵：對醜惡現象的嘲笑、對貧苦人民深切的同情，以及作品的幽默性和藝術性。

┃悦讀分享┃

這是一篇寫人類歷史和情感綿延的作品，講大學生
伊凡歸家途中，走進了一個有母女兩個目不識丁的村姑
經營的菜園子。在燒得正旺的篝火旁，伊凡給她倆講了
一千九百年前耶穌受難的故事。母女二人聽了之後都非常
感動，流出了眼淚，大學生因此受到了鼓舞，因為他由此
想到「過去與現在是由一連串連綿不斷、由此及彼的事件
聯繫起來的」，想到那一千九百年前曾「指引過人類生活
的真與美，直到今天還在持續指引著人類生活」。至今人
們依舊嚮往對於奧妙而神祕的幸福那種難於形容的甜蜜。

很像是一則寓言故事，大學生講述了耶穌要被送上十
字架之前發生的事，看到那對母女的反應後，因而有個想
法在他的腦海中浮現，小說的最後，作者以大學生的身分
說：往昔與現實聯繫著，那一個個互為因果的事件環環相
扣，層出不窮。不論時間的齒輪轉了多少圈，生命仍然在
傳承著，現在與過去總是有相似的片段，人，總是看待事
物的主宰，我們常不自覺的走進過去發生的事裡。就像大
學生說的，不是他講的故事動人，而是彼得與她們貼心，
那對母女融入了他所說的故事裡，她們就彷彿是彼得，彷
彿是那個時代的人們，才會如此感動。

　　從彼得三次不認主的故事中體會到，人要做到成為一個自己所期許的好人，是多麼的不容易（彼得原先對耶穌信誓旦旦他縱使一死也要認祂，但卻在事到臨頭時三次否認自己是耶穌的門徒），而耶穌的行為，又是多麼的寬容（耶穌在未被捕前，就預言並告知彼得，他將在雞鳴前三次不認祂），人性的脆弱與偉大，從古到今，沒有改變。彼得離開人群，遠遠望著被刑求的耶穌，傷心地痛哭，那種面對人性缺陷的無可奈何，真是不知如何形容才好。簡練深刻的文字所塑造的意境令人感傷，文中所流露出對人性脆弱的悲憫令人感動。

　　契訶夫在他所塑造出的幽靜、孤寂、寒冷、溫暖、眾生為生活掙扎、天地蒼茫的氛圍，充分展現他的文字力量。難怪當代傑出文學評論家、《西方正典》（*The Western Canon : The Books and School of The Ages*）作者哈羅德‧布魯姆（Harold Bloom）稱讚這篇作品是契訶夫的最佳作品。下面這段話最為傳神：「契訶夫喜歡說這是他最喜歡的故事；很多人反對他，有些激烈。我想他喜歡這樣說，因為這個故事以一個崇高的音符結束，彷彿回答那些以為他是絕望的陰沉、黑暗和無神論的人。他可能會說他喜歡它是對他的批評者的一種諷刺。對我來說，不僅是契訶夫心情

中最完美的小品，交替黯淡和欣喜若狂；它還在一個令人
難以忘懷的美麗場景中對背叛、艱辛、歷史和希望進行了
複雜的思考。」

變色龍

〔俄國〕 安東・帕夫洛維奇・契訶夫

巡官奧楚蔑夫洛（譯注1）穿著新的軍大衣，手裡提著一個小包，穿過市場的廣場。他身後跟著一個紅頭髮的巡警，端著一個籃子，裡頭盛滿了沒收來的醋栗。四下裡一片寂靜……廣場上一個人也沒有……商店和飯館敞開著大門，無精打采地向上帝創造的這個世界張開，就像許多饑餓的嘴巴一樣。而在那些店門口附近，就連一個乞丐也沒有。

「好哇，你咬人，該死的東西！」奧楚蔑夫洛忽然聽見了喊叫聲。

「伙伴們，別放走牠！這年頭咬人可不行！逮住牠！哎喲……哎喲！」傳來了狗的尖叫聲。奧楚蔑夫洛往那邊一瞧，看見商人彼楚金的木柴場裡跑出來一隻狗，牠用三條腿一跛一跛地跑著，不住地回頭瞧。牠身後追來一個人，穿著漿硬的花布襯衫和敞著懷的披肩。他追上狗，身子往

前一探，撲倒在地上，抓住了狗的後腿，於是又傳來狗的尖叫聲和人的吶喊聲：「別放走牠！」帶著睡意的臉從商店裡探出來，木柴場四周很快地聚了一群人，彷彿從地底下鑽出來的一樣。

「彷彿出亂子了，長官！……」巡警說。奧楚蔑夫洛把身子微微向左一轉，往人群那邊走去。在木柴場門口，他看見那個敞開披肩前襟的人舉起右手，把一根血淋淋的手指頭伸給那群人看。在他那半醉的臉上好像出現這樣的神氣：「我要剝你的皮，可惡的傢伙！」就連手指頭本身也像是一面勝利的旗幟。奧楚蔑夫洛知道這人是金銀匠赫留金（譯注2）。鬧出這場亂子的罪犯正坐在人群中央的地上，前腿劈開，渾身發抖──這是一隻白毛的小獵狗，臉尖尖的，背上有塊黃斑。牠那含淚的眼睛流露出悲苦和懼怕的神情。

「這兒到底出了什麼事？」奧楚蔑夫洛擠進人群中，問道：「你在這兒幹什麼？你究竟為什麼舉起那根手頭？……誰在嚷？」

「長官，我好好地走我的路，沒招誰惹誰……」赫留金開口了，拿手罩在嘴上，咳嗽一下。

「我正跟密特里奇商量木柴的事，忽然這個畜生無緣

無故把我這個手指頭咬了一口⋯⋯您得原諒我，我是做工的人⋯⋯我做的是細緻的活兒。這得叫他們賠我一筆錢才成，因為我也許將有一個禮拜不能用這個手指頭啦⋯⋯長官，就連法律上也沒有那麼一條，說是人受了畜生的害就該忍著⋯⋯要是人人都這麼給畜生亂咬一陣，那在這世界上也沒得過活了⋯⋯」

「嗯，⋯⋯沒錯！」奧楚蔑夫洛嚴厲地說，咳了一聲，皺起眉頭，「沒錯⋯⋯這是誰家的狗？我絕不輕易放過這件事。我要好好教訓那些放狗出來撒野的人！那些人要是不願意遵守法令，現在也該管教管教了！等到那個混蛋受了罰，拿出錢來，他才會知道放出這種狗、放出這種畜生來，會有什麼下場！我要好好教訓他一頓！葉爾德林，」巡官對巡警說，「去調查一下，這是誰的狗，打個報告上來！這狗呢，把牠弄死好了。馬上去辦，別拖！這多半是隻瘋狗⋯⋯嗯，這到底是誰家的狗？」

「這好像是席加洛夫將軍家的狗！」人群裡有人說。

「席加洛夫將軍？哦⋯⋯葉爾德林，替我把大衣脫下來，⋯⋯真要命，天這麼熱！看樣子多半要下雨了⋯⋯只是有一件事我還不懂：牠怎麼咬著你的？」奧楚蔑夫洛問赫留金，「難道牠夠得到你的手指頭嗎？牠那麼小！你呢，

說實在的，卻長得這麼高大！你那手指頭一定是給小釘子弄破的，後來卻異想天開，想得到一筆什麼賠償損失費吧。你這種人啊⋯⋯是出了名的！我可知道你們這些東西是什麼玩意兒！」

「長官，他本來是開玩笑，把菸捲戳到牠臉上去；牠呢，可不肯做個傻瓜，就咬了他一口⋯⋯他是個荒唐的傢伙，長官！」

「胡說，獨眼鬼！你什麼也沒看見，你為什麼胡說？長官是明白人，看得出到底誰胡說，誰像當著上帝的面一樣憑良心說話⋯⋯要是我說了謊，那就讓調解法官（譯注3）審問我好了。法律上說得明白，⋯⋯現在大家都平等了。不瞞您說，⋯⋯我的兄弟就在當憲兵。」

「少說廢話！」

「不過，這不是將軍家裡的狗，」巡警深思地說，「將軍家裡沒有這樣的狗。他家的狗，全是大獵狗⋯⋯」

「你有把握？」

「有把握，長官。」

「我自己也知道嘛。將軍家裡都是些名貴的純種狗；這隻狗呢，鬼才知道是什麼玩意兒！毛色既不好，模樣也不中看⋯⋯根本是個小雜種。誰會養這種狗！這人的腦

子上哪去啦？要是這樣的狗在聖彼得堡或者莫斯科讓人碰見，你們想想結果會怎麼樣？那兒的人可不管什麼法律不法律，一眨眼的功夫，就叫牠斷氣了！你呢，赫留金，受了害，那我們絕不能不管⋯⋯得懲戒他們一下！是時候了⋯⋯」

「不過也說不定就是將軍家的狗⋯⋯」巡警把他的想法說出來，「牠的臉上又沒寫著⋯⋯前幾天我在他家院子裡看見過這樣的一隻狗。」

「沒錯，將軍家的！」人群裡有人說。

「哦！⋯⋯葉爾德林老弟，給我穿上大衣⋯⋯好像起風了⋯⋯挺冷⋯⋯你把這隻狗帶到將軍家裡去，問問清楚。就說這隻狗是我找著，派人送上的⋯⋯告訴他們別再把狗放到街上來了⋯⋯說不定這是隻名貴的狗；要是每個混帳都拿菸捲戳到牠的鼻子上，那牠早就完蛋了。狗是嬌貴的動物⋯⋯你這混蛋，把手放下來！不用把自己的蠢手指頭伸出來！怪你自己不好！⋯⋯」

「將軍家的廚師來了，問他好了⋯⋯喂，普洛訶爾！過來吧，老兄，上這兒來！瞧瞧這隻狗⋯⋯是你們家的嗎？」

「鬼扯！我們那兒從來沒有這樣的狗！」

「那就用不著白費工夫去問了，」奧楚蔑夫洛說，「這是隻野狗！用不著說空話了……既然他說這是野狗，那牠就是野狗……弄死牠算了。」

「這不是我們的狗，」普洛訶爾接著說，「這是將軍哥哥的狗，他是前幾天才到這兒來的。我們的將軍不喜歡這種獵狗。他哥哥卻喜歡……」

「難道他哥哥來啦！是烏拉吉米爾‧伊凡尼奇嗎？」奧楚蔑夫洛問，整個臉上洋溢著感動的微笑，「哎呀，天！我還不知道呢！他是上這兒來住一陣就走的嗎？」

「是來住一陣的……」

「哎呀，老天！……他是惦記他的兄弟了……我卻還不知道呢？這麼一說，就是他老人家的狗？好得很……把牠帶走吧……這小狗還不壞……怪伶俐的……一口就咬破了這傢伙的手指頭！哈哈哈……得了，你幹什麼發抖呀？嗚嗚……嗚嗚……這壞蛋生氣了……好一隻小狗…」普洛訶爾喊一聲那隻狗的名字，就帶著牠從木柴場走了。剩下那群人對著赫留金哈哈大笑。

「我早晚要收拾你！」奧楚蔑夫洛向他恐嚇道，說著便裹緊大衣，穿過市場的廣場，逕自走了。

譯注：

1. 這個姓的意思是「瘋癲的」。

2. 這個姓的意思是「豬叫聲」。

3. 保安的法官，只管審理小案子。

┃悅讀分享┃

　　小說運用社會環境描寫，烘托冷清、淒涼、人情冷漠、勢利的社會氛圍，這正是當時社會的真實寫照。多次運用細節描寫，形象具體地突顯員警奧楚蔑夫洛的性格特徵，揭露了沙皇統治的社會黑暗。本文最突出的特點是對話描寫。它通過個性化的語言，鮮明地表現了人物的性格特徵，具有十分強烈的諷刺效果。

　　文中的對話描寫，以奧楚蔑夫洛為中心。契訶夫通過五組對話描寫，一方面產生推動情節發展的作用，另一方面充分展示文中涉及到的人物性格，揭示了奧楚蔑夫洛及周圍人們的心理。奧楚蔑夫洛對不同的說話對象採取不同的態度，其對話內容有時是漸變的，有時卻是突變的；對人如此，對狗亦如此。漸變時靠「穿大衣」的動作過渡，突變時乾脆、果斷，直接用語言和面部表情顯現。

作者在文中四次寫了奧楚蔑夫洛的大衣，通過對「脫大衣」與「穿大衣」的細節描寫，揭示其誠惶誠恐的心態。他面對將軍家的狗，如同面對將軍，唯恐照顧不周，殷勤不夠；衣服成了他出爾反爾的遮掩之物，是他「變色」的最好工具。面對小百姓時，奧楚蔑夫洛的大衣似乎是威風八面、作威作福的象徵，穿著這大衣，就有了借助的權力，可以對小百姓凶橫霸道；對位高權重者，奧楚蔑夫洛的大衣又成了權力的衛道士，極力袒護那些位高權重者。契訶夫通過「大衣」細節，出神入畫的刻畫了奧楚蔑夫洛的內心。

契訶夫描寫人物的語言完全是個性化的，充分體現「變色龍」的個性。這些語言揭示出他官架子施官腔的特點，也表現他庸俗、空虛的心靈。奧楚蔑夫洛的語言又是多變的，對不同的對象可以說不同的話；對同一對象說不同的話，語言明快，其隨心所欲、見風轉舵的技巧可說是純熟無比，顯示出官場「老油條」的心態，更表現出他是沙皇忠實的走狗。

一場決鬥

〔法國〕 居伊·德·莫泊桑

　　戰爭結束了，德軍暫時仍舊駐守法國，全國張皇得猶如一個打敗了的角力者壓在得勝者的膝頭上一樣。

　　從那充滿錯亂、饑餓、失望的巴黎市，有幾列火車出發了，開向新劃定的國界去，慢吞吞地穿過一些破敗的村落和田園。初次旅行的人都從列車窗裡注視著那片頹敗荒蕪的平原和戰火燒毀的小村子。有些普魯士兵戴著黃銅尖頂的黑鐵盔，坐在那些僅存的房子外的椅子上吸著菸。另外有些人在做工或者談話，儼然像是門內那戶人家中間的一員似的。每逢列車經過各個城市的時候，大家會看見整團整團的德國兵正在廣場上操演，儘管有列車輪子的喧鬧，但是他們那些發嘎的口令聲竟一陣陣傳進列車裡。

　　杜布伊先生在巴黎被圍的時期中，一直在城裡的國民防護隊服務，現在他搭乘列車要到瑞士去找他的妻子和女兒了，在敵人未侵入以前，由於謹慎起見，她母女倆早已

逃到國外。

　　杜布伊本有一個愛好和平、富商式的大肚子，圍城中的饑饉和疲乏也沒有使它縮小一點兒。從前對於種種駭人的變故，他是用一片悲慟的忍耐心和批評人類野蠻行為的牢騷話來忍受的。現在，戰爭已經結束，他到了邊界，才第一次看見普魯士人，雖然從前在寒冷的黑夜裡，他也盡過守城和放哨的義務。

　　他現在又生氣又害怕地向這些留著鬍子、帶著兵器、賴在法國當老家住的傢伙仔細瞧瞧，他感到一陣軟弱的愛國心，同時，也感到那種迫切的需要，那股明哲保身的本能。

　　在客車的車廂裡，還有兩個來遊歷的英國人，他們用安靜而好奇的眼光打量著四處。這兩個人也都是胖子，用他們的本國話談天，有時候打開旅行指南高聲讀著，一面盡力辨認那些記在書上的地名。

　　忽然，列車在一個小城的車站停住了，一個普魯士軍官，在佩刀和客車的兩級踏腳板相觸的巨大響聲裡，從車廂的門口上了車。他高大的身材緊緊裹在軍服裡，鬍子幾乎連到了眼角。下頦的長髯紅得像是著了火；上脣的長髭鬚顏色略微淡些，分別斜著向臉頰的兩邊翹起，臉龐好像

被分成了兩截。

那兩個英國人立刻用滿足了好奇心的微笑向他端詳著，杜布伊先生卻假裝看報沒去理會。他不自在地坐在邊角，彷彿是一個和保安警察對面坐下的小偷。

列車又開動了。兩個英國人繼續談天，繼續尋覓著當日打過仗的確實地點。後來，他們當中有一個忽然舉起胳膊向遠處指點一個小鎮的時候，那個普魯士軍官伸長了他那雙長腿，把身子在座位上向後仰著，一面用一種帶德國口音的法國話說：

「在那個小鎮裡，我殺死過十二個法國兵。我俘虜過兩百多個。」

英國人都顯得很有興致，立刻就問：「噢！它叫做什麼，那個小鎮？」

普魯士軍官答道：「法爾司堡。」

後來，他又說：「那些法國小子，我狠狠揪他們的耳朵。」

然後他瞧著杜布伊先生，一面驕傲地在鬍子裡露出笑容來。

列車前進著，經過了一些被德國兵占據的村子。沿著各處大路或者田地邊，站在柵欄拐角上或者酒店門口說話

的，放眼望去，幾乎全是德國兵。他們正像非洲的蝗蟲一樣覆蓋了地面。

軍官伸出一隻手說：「倘若我擔任總司令，我早就攻破巴黎了，那就會什麼都燒掉，什麼人都殺掉。再不會有法國了！」

兩個英國人出於禮貌，簡單地用英國話答應了一聲：「Aoh！yes！」

他卻繼續往下說道：「二十年後，整個歐洲，整個兒，都要屬於我們了。普魯士，比任何國家都強大。」

兩個擔憂的英國人再也不答話了。他們那兩張臉夾在長鬚之間像是蠟做的一樣，沒有半點表情。這時候，普魯士軍官開始笑起來。後來，他一直仰著腦袋靠在那裡高談闊論。他譏誚著被人制伏的法國；侮辱那些已倒在地下的敵人；他諷刺奧地利，往日的戰敗者；他嘲笑法國各省激奮卻無效的抵抗。他蔑視法國那些被徵調的國民防護隊，那些無用的炮隊。他聲言俾斯麥將要用那些從法國奪來的炮去造一座鐵城。末了，他忽然伸出那雙長統馬靴靠在杜布伊先生的大腿上；而這一位卻把眼睛避開，連耳朵根都已緋紅了。

兩個英國人彷彿對一切都漠不關心的，儼然一剎那間

他們已經回到了自己的島國裡閉關自守，遠離了世界上的種種喧鬧。軍官抽出自己的菸斗，直瞪瞪地瞧著法國人說：「你身上有菸嗎？」

杜布伊先生答道：「沒有，先生。」

德國人接著說：「等會兒車子停了的時候，請你幫我買點來。」

後來他重新又笑起來了，「我一定給你一點小費。」

列車嗚嗚地鳴叫，速度漸漸地減低了。他們來到一座被火燒毀了的車站，列車隨即完全停住。

德國人打開車廂門，抓住杜布伊先生的胳膊對他說：「去幫我跑腿吧，快點，快點！」

有一隊普魯士兵在這車站上駐防，另外有一些沿著月臺上的木柵欄外面站著看。車頭已經嗚嗚地叫起來預備開車了。這時候，杜布伊先生突地向月臺上一跳，儘管站長做了好些手勢，他連忙跳進這輛客車一個鄰近的車廂裡了。他獨自一個人了！他解開披肩的鈕釦，心臟跳得厲害，一邊喘著氣擦額上的汗。

列車又在另一個站裡停住了。那個軍官忽然在杜布伊先生的車廂門口出現，並且走進來了，那兩個被好奇心驅使的英國人也跟著他上來了。德國人在法國人的對面坐

下，臉上帶著微笑：「你剛才不肯幫我跑腿。」

杜布伊先生回答：「不，先生！」

列車又開動了。

軍官說：「那麼我剪一剪你的鬍子來裝我的菸斗吧！」於是他向著他面前這一位的臉伸過手來。

兩個英國人始終神態自若，目不轉睛地瞧著。

德國人已經抓住他嘴脣上的一撮鬍子拔起來，在這當兒，杜布伊先生只反手一下就托起德國人的胳膊，掐住他的脖子，把他推倒在座位上。接著，他氣得發狂了，鼓起腮幫子，圓睜著冒火的雙眼，一隻手牢牢扼住他的咽喉，另外一隻手握成拳頭開始憤不可遏地直往他臉上打。普魯士人猛力掙扎，想去拔自己的刀，想制住這個壓在自己身上的對手。但是杜布伊先生用自己大肚子的重量壓住了他，拚命打著，不住手也不換氣，也不管打在什麼地方，只管打著。血流出來了，喉嚨被扼住的德國人只是乾喘，咬牙切齒，極力想推開那個氣得發狂對他亂打的大漢子，但是毫無用處。

兩個英國人為了看得清楚一些，已經都站起身並且走到跟前來了。他們都挺直地站著，滿腔的快樂和驚奇，預備從這兩個打架的人當中，各選一個來賭勝負。

最後，杜布伊先生打累了，他忽然站起來，一言不發地重新坐到原來的座位上。

那個普魯士人由於驚惶和疼痛，一時無法反應過來，所以並沒有再撲向杜布伊先生，直到緩過氣來他才說：「倘若你拒絕用左輪手槍和我決鬥，我就宰了你！」

杜布伊先生回答：「只要你願意。我完全同意。」

德國人接著說：「我們立刻就要到斯特拉斯堡了，我可以找兩個軍官來做公證人，在這趟車子離開斯特拉斯堡以前，我是來得及的。」

像火車頭一般呼嘯的杜布伊先生，向那兩個英國人說：「您兩位可願意替我做公證人？」

他們倆齊聲用英國話回答：「Aoh！yes！」

列車停住了。

在一分鐘之內，這普魯士人找到兩個帶著左輪手槍而來的同事，於是這一干人證都走到城牆底下。

兩個英國人不住地拿出錶來看，提快了腳步，匆匆地預備一切，他們怕的是耽誤時刻，趕不上坐原車趕路。杜布伊先生從來沒有用過手槍。現在卻被公證人牽到一個和對手相距二十步的地點了。有人問他：「您預備好了嗎？」

他嘴裡答著：「預備好了，先生。」眼裡卻看見那兩

個英國人中間的一個已經撐開傘為自己遮陽。

一道聲音發出了命令：「放！」

杜布伊先生不等瞄準，信手放了一槍，然後莫名其妙地看到那個站在他對面的普魯士人搖晃了一兩下，接著就伸起兩隻胳膊，直挺挺地撲倒在地下了。他已經打死了他！一個英國人喊了一聲「Aoh」。這聲音因為過於喜悅，以及好奇心獲得了滿足而發抖著。另一個英國人原本一直握著自己的手錶，這時挽著杜布伊先生的胳膊，輕快地拉著他走向火車站。

第一個英國人，雙手握著拳頭，雙臂夾住身體跑著，一面用法國話數著步兒：「一，二！一，二！」

他們三個人雖然都是大肚子，卻併作一排用快步向前直跑，彷彿是一張滑稽日報上的三個滑稽角色。

列車開動了。他們都跳到了車上。這時候，兩個英國人都摘下他們頭上的旅行小帽舉向空中，接著大聲喊了三次：「Hip, Hip, Hip, Hurrah!」

隨後，他們挨次莊重地向杜布伊先生伸出右手，握手之後就折轉了身軀，仍然一個挨一個地坐在他們的邊角上。

| 作者簡介 |

居伊・德・莫泊桑（Guy de Maupassant, 1850-1893）法國
作家。文學成就以短篇小說最為突出，有世界短篇小說巨
匠的美稱。他擅長從平凡瑣碎的事物中截取富有典型意義
的片段，以小見大地呈示生活的真實。他的短篇小說側重
摹寫人情世態，構思布局別具匠心，細節描寫、人物語言
和故事結尾均有獨到之處。

| 悅讀分享 |

　　小說一開始就說：「戰爭結束了……慢吞吞地穿過一
些破敗的村落和田園」，敘事寫景簡潔，突出戰爭給巴黎
帶來的災難，為小說奠定情感基調。普魯士軍官入場別具
一格，先是聽覺，接著是視覺，讓人印象深刻，尤其是下
頷長髯與上脣長髭鬚的描寫，給人一種驕橫凶殘的感覺。
故事情節在火車車廂中展開，隨著列車前進，情節也在逐
步推進，這種安排使小說顯得緊湊有致、層次清晰。

　　主角杜布伊面對普魯士軍官，先假裝看報紙，自己坐
在一角，彷彿是小偷；後來又跳離車廂，逃到客車鄰近的
車廂裡，這表明他膽小怕事。他不替普魯士軍官買菸而逃
離車廂，可看出他內心的矛盾，一方面憎恨侵略者，一方

面又懼怕他們。他的人物思想性格隨著故事情節發展而變
化，從開始的明哲保身、懦弱、逃避，到後來的勇敢反抗，
既在意料之外，又在情理之中。

　　兩個英國人在小說中是不可或缺的。他們的漠然反襯
了杜布伊最後的抗爭，使杜布伊這一形象更加鮮明生動；
同時串聯了小說的主要情節，使情節發展起伏跌宕；他們
的出現，使小說內容更加飽滿，可讀性更強。最後讓兩人
見證了杜布伊與普魯士軍官的決鬥過程，使人覺得故事情
節真實自然。

米龍老爹

〔法國〕 居伊·德·莫泊桑

笑逐顏開的生活在豔陽下展開了，綠油油的田野一望無際，蔚藍的天色與遠方的地平線相接。

一個年約四十的強健男子，正端詳他房屋旁一株沒有結實的葡萄藤，它曲折得像一條蛇，在屋簷下面沿著牆伸展。他想：「老爹的這株葡萄，今年發芽的時候並不遲，也許可以結果子了。」

那株葡萄，正種在老爹從前被人槍殺的地方。

那是一八七〇年的事。普魯士軍的參謀處駐紮在這個田莊上。莊主米龍老爹，竭力款待他們，安置他們。

一個月以來，每天夜晚，普兵總有幾個騎兵失蹤。

這類的暗殺舉動，彷彿是同樣的人幹的，然而普兵沒有法子破案。不過某一天早上，他們瞧見了米龍老爹躺在自己的馬房裡，臉上有一道刀傷。

兩個刺穿了肚子的普魯士騎兵被尋著了。其中一個，

手裡還握著他那把血跡模糊的馬刀。

可見他曾經格鬥過。

那老頭子被人帶過來了。

團長用法國話發言了：「米龍老爹，你知道今天早上在伽爾衛爾附近尋著的那兩個騎兵是誰殺的嗎？」老爹很乾脆地答道：「是我。」團長吃了一驚。緘默了一會兒，雙眼盯著這個被逮捕的人了。米龍老爹用他那種鄉下人發呆的神氣，安閒自在地待著，雙眼如同他那個教區的神父說話似的低垂著。

這老爹的一家人：兒子約翰、兒媳婦和兩個孫子，都驚惶失措地站在他後方約十步。

團長接著又說：「那麼你也知道這一個月以來，每天早上我們部隊裡那些被人在田裡尋著的偵察兵是被誰殺的嗎？」

老爹用同樣的鄉愚式的安閒自在態度回答：「是我。」

「你是怎樣動手的？告訴我吧！」

「我現在哪兒還知道？我該怎麼幹就怎麼幹！」

團長接著說：「我提醒你，你非全盤告訴我們不可。你最好想清楚。您一開始是怎麼做的？」

老爹向著他那些站在後面的家屬不放心地瞧了一眼，

又遲疑了一會兒，然後突然打定了主意，說：「我記得那是某一天夜晚，你和你的弟兄們，用過我二百五十多個金法郎的草料和一頭牛、兩隻羊。我當時想到他們就是接連再來拿我一百個，我一樣要向他們討回來，並且那時我還有別的盤算，等會兒我再說。我瞧見你們有一個騎兵坐在壕溝邊抽菸斗。我取來我的鐮刀，半跪著從後面掩過去。驀地一下，只有一下，我就如同割下一把小麥似的，割下了他的腦袋。我那時就有了打算，我剝下他全身的衣服。」

老爹不作聲了，那些感到驚惶的軍官面面相覷。接著訊問又開始了，下文就是他們所得的口供：

老爹幹下這次謀殺敵兵的行動後，心裡就存著這個念頭：「殺些普魯士人吧！」

普魯士軍聽憑他隨意出入，因為他對於戰勝者的退讓是用很多的服從和殷勤態度表示的，他學會了幾句必要的德國話。

他穿上了那個死兵的軍服，躲在矮樹叢裡。騎兵走過來了。等到相隔不過十來步，米龍老爹就橫在大路上像受了傷似地爬著走，一面用德國話喊著：「救命呀！」騎兵勒住了馬，明白那是一個失了坐騎的德國兵，以為他受了傷，剛俯身去看這個素不認識的人，肚皮卻挨了米龍老爹一刀。

　　但是，被審的前一天，那兩個被他襲擊的人，其中有一個拿刀在老爹的臉上劃了一道。

　　口供招完了，他突然抬起頭，自負地瞧著那些普魯士軍官。

　　「帳算清了，我一共殺了十六個，一個不多，一個不少。」

　　「我從前打過仗。從前你們殺了我的爹，你們又殺了我的小兒子。從前你們欠了我的帳，現在我討清楚了。咱們現在是銀貨兩訖。」

　　老爹挺起了關節不良的脊梁，並且用一種謙遜的英雄姿態在胸前又起兩隻胳膊。

　　團長站起來走到米龍老爹身邊，低聲向他說：「也許有個法子救你性命，就是要……」

　　但是老爹絕不聽，向戰勝的軍官瞪直了雙眼，這時，一陣微風攪動了他頭上稀少的頭髮，他終於鼓起了胸膛，向那普魯士人劈面呸了一些唾沫。

　　團長愣住，揚起一隻手，老爹又向他臉上唾了第二次。

　　不到一分鐘，那個始終安閒自在的老爹被人推到了牆邊，他向他的長子約翰、兒媳婦，還有他兩個孫子微笑了一會兒，立刻被抓去槍決了。

┃悅讀分享┃

　　這篇小說寫的是一位叫米龍的老翁在普魯士進攻法國時，冒著巨大的風險，背著敵人在夜裡勇殺普魯士巡邏兵的故事。他從生者的回憶轉入正題，先提出普魯士官兵屢遭夜襲的奇案，後回敘米龍老爹的英雄事蹟，把一個簡短的故事寫得多彩多姿。

　　小說開頭對豐收在望的景象描寫有些作用。首先它造成懸念，使小說產生引人入勝的藝術魅力。其次，它暗喻人們對米龍老爹的懷念之情，引起下文，並為故事作了情感上和內蘊上的鋪墊，並且與後面米龍老爹被殺形成鮮明對比，暗示現在平靜的生活來自像米龍老爹一樣的先烈對敵人的反抗。

　　整篇突顯米龍老爹是一個智勇雙全的民間遊擊英雄，是法國人民在普法戰爭中大無畏的愛國主義精神的代表人物，具有視死如歸、大義凜然的精神品格。

心與手

〔美國〕 歐·亨利

在丹佛車站，一批旅客湧入開往東部的 BM 公司的快車車廂。在一節車廂裡坐著一位衣著華麗的年輕女子，她身邊擺滿了有經驗的旅行者才會攜帶的豪華物品。在新上車的旅客中走來了兩個人，一位年輕英俊，神態舉止顯得果敢而又坦率；另一位臉色陰沉，行動拖沓。他們被手銬銬在一起。

兩個人穿過車廂過道，一張背向的位子是唯一空著的，而且正對著那位迷人的女人。他們就在這張空位子上坐了下來。年輕的女子看到他們，臉上即刻浮現出嫵媚的笑容，圓潤的雙頰也有些緋紅。接著只見她伸出那戴著灰色手套的手與來客握手。她說話的聲音甜美又舒緩，讓人感到她是一位愛好交談的人。

她說道：「噢，埃斯頓先生，怎麼，他鄉異地，連老朋友也不認識了？」年輕英俊的那位聽到她的聲音，立刻

強烈地一怔，顯得局促不安起來，然後他用左手握住了她的手。

「費爾吉德小姐，」他笑著說，「我請求您原諒我不能用另一隻手來握，因為它現在正派上用場呢！」

他微微地提起右手，只見一副閃亮的「手鐲」正把他的右手腕和同伴的左手腕扣在一起。

年輕姑娘眼中的興奮神情漸漸地變成一種惶惑的恐懼。臉頰上的紅色也消退了。她不解地張開雙脣，力圖緩解難過的心情。埃斯頓微微一笑，好像是這位小姐的樣子使他發笑一樣。他剛要開口解釋，他的同伴搶先說話了。這位臉色陰沉的人一直用他那銳利機敏的眼睛偷偷地察看著姑娘的表情。

「請允許我說話，小姐。我看得出您和這位警長一定很熟悉，如果您讓他在判罪的時候替我說幾句好話，那我的處境一定會好多了。他正送我去南森維茨監獄，我將因偽造罪在那兒被判處七年徒刑。」

「噢，」姑娘舒了口氣，臉色恢復了自然，「那麼這就是你現在做的差事，當個警長。」

「親愛的費爾吉德小姐，」埃斯頓平靜地說道，「我不得不找個差事來做。錢總是長了翅膀飛走了。你也清楚

在華盛頓要有錢才能和別人一樣地生活。我發現西部是賺錢的好去處，所以……」

姑娘的眼光再次被吸引到那副亮閃閃的手銬上，她睜大了眼睛。

「請別在意，小姐，」另外那位來客又說道，「為了不讓犯人逃跑，所有的警長都把自己和犯人銬在一起，埃斯頓先生是懂得這一點的。」

「要過多久我們才能在華盛頓見面？」姑娘問。

「我想不會是馬上，」埃斯頓回答，「我想恐怕我是不會有輕鬆自在的日子過了。」

「我喜歡西部，」姑娘不在意地說著，眼光溫柔地閃動。看著車窗外，她坦率自然，毫不掩飾地告訴他說：「媽媽和我在西部度過了整個夏天，因為父親生病，她一星期前回去了。我在西部過得很愉快。金錢可代表不了一切，但人們常在這點上出差錯，並執迷不悟地……」

「警長先生，」臉色陰沉的那位粗聲地說道，「這太不公平了，我需要喝點酒，我一天沒吸菸了。你們談夠了嗎？現在帶我去吸菸室好嗎？我真想解解癮。」這兩位繫在一起的旅行者站起身來，埃斯頓臉上依舊掛著遲鈍的微笑。

「我可不能拒絕一個吸菸者的請求，」他輕聲說，「這是一位不走運的朋友。再見，費爾吉德小姐，工作需要，請你諒解。」他伸手來握別。

兩位來客小心翼翼地穿過車廂過道，進入吸菸室。

另外兩個坐在一旁的旅客幾乎聽到了他們的全部談話，其中一個說道：「那個警長眞是條好漢，很多西部人都這樣棒。」

「如此年輕的小夥子就擔任一個這麼大的職務，是嗎？」另一個問道。

「年輕？」第一個人大叫道，「爲什麼……噢！你眞的看準了嗎？我是說——你見過把犯人銬在自己右手上的警官嗎？」

| 作者簡介 |

歐・亨利（O. Henry, 1862-1910），原名威廉・西德尼・波特（William Sydney Porter），二十世紀初美國著名短篇小說家，美國現代短篇小說創始人。與法國的莫泊桑、俄國的契訶夫並稱為世界三大短篇小說巨匠。

┃悦讀分享┃

　　小說開頭男女主人公依次出場，只介紹人物的外貌神態，並不點明人物的具體身分，目的是設置懸念，推動情節發展。結尾顯示了歐·亨利小說獨特的藝術魅力，讓讀者感到出乎意料，卻又在情理之中。

　　小說情節和兩隻銬在一起的手緊密相關。一個女子在火車上遇到了老朋友，卻發現老朋友的一隻手和另外一個人的手用手銬銬在一起。女子驚訝，朋友尷尬，而另外一個被銬的人——真正的警長出於好心解釋說自己是罪犯，她的朋友是警長，緩解了這一尷尬局面。小說表面上寫的是「被銬在一起的手」的故事，揭示的卻是「心」的問題——心靈深處的人性美。警長為了保護罪犯的面子和尊嚴，不給他造成心靈上負擔，編造了一個善意謊言，這體現了警長善解人意，為別人著想、體諒他人之心。

二十年後

〔美國〕 歐・亨利

　　一位警察正神情專注地沿著大路巡邏。路上行人很少，可見他這種威嚴的氣度並非為了招搖，而是習慣使然。雖然時間還不到晚上十點，但陣陣凜冽的寒風，夾帶著雨意，早就把街上的行人驅逐得一乾二淨。

　　警察高大健碩，器宇軒昂，邊走邊挨家挨戶地察看。他甩著手中的警棍，靈巧的揮動出各種複雜的動作，目光還時不時警覺地掃視平靜的大路，完全是一副和平保衛者的形象。這一帶的店鋪都是早早就關門的，只是偶爾還能看見一兩家菸鋪或者二十四小時營業的餐館還亮著燈，絕大部分店鋪都已經打烊熄燈了。

　　巡邏到一個街區中部時，警察忽然放慢了腳步。一家已經熄燈關門的五金店門口，一個男人斜靠大門站著，嘴裡還叼著一根沒有點燃的雪茄。看見警察向他走過來，這個男人搶先開了口。

「沒事，警官，」他保證說，「我只是在這兒等一位朋友。這是二十年前我們訂下的約會。您覺得聽起來有點奇怪？如果你想知道，我就把事情的來龍去脈講給你聽。大約二十年前，這家五金店現在的位置是一家餐館，叫大個子喬·布雷迪餐館。」

「這家餐館五年前才被拆除。」警察說。

靠在門口的男人劃著一根火柴點燃雪茄。火光映照出一張蒼白的臉。這張臉下巴方正，目光炯炯，右眼眉附近有一塊白色的傷疤。他的領帶扣上鑲著一顆大鑽石，看來覺得奇怪。

「二十年前的這個晚上，」這個男人回憶道，「我在大個子喬·布雷迪餐廳跟吉米·威爾斯一起吃飯。吉米是我最好的朋友，也是世界上最好的人。我和他都在紐約土生土長，從小就親如手足。我那年十八歲，吉米二十。第二天一大早我就要出發去西部闖蕩，而吉米呢，誰也勸不動他走出紐約半步。他認定了紐約是世上唯一的一塊淨土。於是，在那一天晚上我們約好，二十年後的此時，無論我們處境如何，也無論身處何地，都要到這裡會面。我們當時覺得，二十年後不管前途如何，命運已成定局，我們也都該打下一些基業了。」

　　「聽著倒是挺有意思，」警察說，「不過，我還是覺得兩次聚會的間隔未免太長了。你離開這裡後，和你的朋友還有聯繫嗎？」

　　「嗯，有。我們有一段時間保持了書信往來。」他說，「但一兩年後我們就失去了聯絡。你知道，西部可是一片廣闊的天地，我又四處奔忙，行蹤不定。不過我相信，只要吉米還活著，他就準會到這兒見我的。他是這世界上最忠誠的、最最可靠的傢伙，他絕不會忘記我們的約定。我千里迢迢趕到這裡，就是爲了今夜能在這個門口見到他，只要我的老伙伴能夠赴約，跑這一趟就值得了。」

　　這個等朋友的人掏出一塊精美的懷錶，錶蓋上鑲嵌著細碎的鑽石。

　　「差三分十點，」他說，「我們在這家餐館門口分別的時候是十點整。」

　　「看來您在西部混得還不錯，是嗎？」警察問。

　　「那還用說！吉米要能混得有我一半就很好了。不過，他雖然爲人忠厚，卻是個只知道埋頭苦幹的傢伙。而我呢，發財可不那麼容易，但和那些最狡猾精明的腦袋勾心鬥角，在紐約生活，人們難免墨守成規，只有西部惶惶不安的生活才能磨礪出智慧。」

　　警察甩了甩警棍，向前走了一兩步。「我要繼續巡邏了，希望你的朋友能夠趕來赴約。十點整你就走嗎？」

　　「不會的！我至少會再等他半個小時。只要吉米還活在世上，到時候他肯定會來的。再見，警官。」

　　「晚安，先生！」警察說著，就沿著路線繼續巡邏去了，邊走邊挨家挨戶地察查。

　　這時，天上下起了濛濛細雨，先前若有似無的風也不停息地呼呼吹著。街上寥寥無幾的行人都將大衣領口豎得高高的，雙手緊緊地插在口袋裡，匆忙地悶頭趕著路。而就在這家五金店門口，為青年時代訂下的荒唐約會而不遠千里趕來的男人，依然一邊抽著雪茄，一邊等待著。

　　大約過了二十分鐘，一個身材高大、穿著長外套的男人，從馬路對面匆匆忙忙地走了過來，逕直走到等待已久的男人身旁。他的大衣領子翻起來，貼向耳邊。

　　「是你嗎，鮑勃？」他遲疑地問。

　　「你是吉米・威爾斯？」站在門口的人叫了起來。

　　「上帝保佑！」剛來的人欣喜地緊緊抓住對方的雙手，「真是鮑勃，千真萬確！我就知道只要你還活著，我肯定能在這見到你。好啊，好啊，二十年可真漫長啊！原來的餐館已經沒有了，鮑勃，我真希望它還在，那樣的話

我們就可以再大吃一頓了。你在西部的日子過得怎麼樣，兄弟？」

「那是相當好啊！我想要什麼多能弄到手。吉米，你變了不少啊，我總覺得你比原來至少高了兩三英寸。」

「哦，二十歲後，我又長高了一些嘛！」

「吉米，在紐約混得還不錯吧？」

「還算過得去。我在市政部門有一個職位。來吧，鮑勃，我知道有個地方，我們到那兒好好聊聊，說說以前的時光。」

於是，兩個男人手挽手，走上馬路。西部來的這一位因為成功而得意忘形，開始滔滔不絕地講起這些年來的所作所為。另一個則縮在外套裡，津津有味地聽著。

街角有一家藥店，燈火通明，兩人走到亮處，不約而同地抽回胳膊，盯著對方。

「你不是吉米·威爾斯！」他驚叫一聲，「二十年確實漫長，但還不至於把一個高鼻變成扁平鼻子。」

「但還是可以把一個好人變成壞人，」高個子回答道，「鮑勃，你已經被捕十分鐘了。芝加哥警方推測你可能溜到我們這裡，發電報說要跟你談談。老實點兒，明白嗎？對，這才明智。有人託我給你帶了張便條，趁我們去警局

之前，你先看看。就在那扇窗戶下看就行了，是威爾斯巡警寫給你的。」

西部來客打開了遞到他手裡的小紙條。剛開始讀的時候，他的手還穩穩地抓著紙條，但讀完之後，他卻忍不住顫抖起來。紙條上只有寥寥數語：

鮑勃：

我準時到了約定地點。你劃火柴的時候我看見的是一張芝加哥通緝犯的臉。我不便自己動手，所以離開，找了一位便衣代勞。

吉米

┃悅讀分享┃

　　本文善惡顛覆體現在兩位主人公身上。西部來客鮑勃是惡的代表。吉米是員警，正義的化身。然而從鮑勃出現到其被逮捕的過程裡，始終都對抱著見到他的好朋友吉米的期望。在作者的描寫中，「吉米是我最好的朋友，也是世界上最好的人。」「他是這世界上最忠誠的、最最可靠的傢伙。」「我至少會再等他半個小時。只要吉米還活在世上，到時候他肯定會來的。」作為惡人的鮑勃，珍視友誼，對友誼忠誠。善惡在鮑勃這位反面人物身上複雜地糾纏著。這種複雜的糾纏讓讀者看到的是一個活生生的人，一個閃耀人性的鮑勃，而不單單是一個反面人物，一個壞蛋。

　　吉米認識到自己好友鮑勃就是被警方通緝的那個人時，複雜的內心矛盾也隨之展開。是為正義抓捕，還是為友情放過一馬？這種理智與情感的衝突在他內心掙扎著。最後，吉米還是兼顧了職責與友情，沒有親自逮捕他，讓另一個員警去逮捕好友。這種理智與靈感的衝突給讀者留下更深刻的思索。這篇精采的小說留給讀者的不僅是對作者創作智慧的欽佩，更能引起讀者思考小說反映的人性衝突。無論從形式還是內容，〈二十年後〉都為讀者帶來深層的審美享受。

名家筆下的父親

父親

〔智利〕 奧萊加里奧‧拉索‧巴埃薩

　　一個小老頭下巴蓄著又白又長的鬍鬚，上脣的小鬍子被尼古丁薰成紅色。他披著一件大紅斗篷，腳登高跟皮鞋，頭戴一頂龍舌蘭編的草帽，胳膊上拎著一個小籃子，來到兵營的門口，走過去，倒回來，走過去，倒回來，反反覆覆，顯得十分膽怯。他想向哨兵打聽什麼，但哨兵沒等他開口就高聲喊道：「警衛班長！」

　　一個班長從門後跳了出來，彷彿是埋伏在那兒的。他仰起頭用詢問的目光打量著他，老頭兒說：「我兒子在嗎？」班長笑了起來。

　　「他叫曼努埃爾……叫曼努埃爾‧薩巴塔，先生。」

　　「我不知道哪個士兵叫這個名字。」

　　鄉下人驕傲地直起身子譏諷地笑了：「可是，我兒子不是士兵，他是軍官，是正經八百的軍官……」

　　警衛團的號手聽到了他們的談話，湊過來低聲告訴班

長：「是新來的，剛從學校來的……」

班長看他是個窮人，沒敢請他去軍官俱樂部，而是叫他去了警衛團。

老頭兒坐在一條木凳上，把籃子放在伸手可及的身邊。士兵們一下子圍攏來，他們以好奇的目光看著那個農民，對那個籃子很感興趣。籃子不大，用一個布袋蓋著。那帆布下面先是聽到啄食聲，接著看到一隻紅冠老母雞露出頭來，由於悶熱，牠的嘴張開著，不停地喘著氣。

看到那老母雞，士兵們一邊鼓掌一邊像孩子似的高聲叫道：「燉雞吃！燉雞吃！」

農夫急切地想見到自己的兒子，面對那麼多持槍的士兵又很緊張，不禁傻乎乎地笑起來，思想也亂了：「哈，哈，哈……對，燉雞吃，燉了給我兒子吃。」

說罷，老人卻是一陣心酸，臉上立刻蒙上一層陰影，接著又說道：「我都五年沒見到他了！他不願意回村裡去……」

一個衛兵去叫中尉。中尉正在馴馬場上跟一夥軍官在一起。他個子矮小，長得黑不溜秋，軀幹粗得像個木桶，面容俗氣。衛兵打了個立正，兩腳併攏時靴子底掀起一股塵土，報告道：「有人找您……中尉。」

　　不知怎麼回事，中尉的腦海裡一下就閃現出了他老父親那乾癟矮小的身影。他仰起頭，為了讓他的同事們聽到，以鄙夷不屑的語調大聲說道：「在這個鎮子上，我誰都不認識……」

　　衛兵又主動解釋說：「是個滿臉皺紋的小老頭，披著斗篷……他從很遠的地方來，提著一個籃子……」

　　虛榮心頓時使中尉的臉泛紅了，他把手舉到帽簷上說：「行啦……你走吧！」軍官們的臉上露出詭異的神色，他們不約而同地朝薩巴塔掃了一眼。那麼多道詢問的目光令中尉實在難以承受，他垂下頭，咳嗽了一聲，點上一支香菸，開始用刀鞘在地上胡亂劃起來。

　　過了五分鐘，又來了一個衛兵：「有人找您，中尉！是一個鄉下老頭子……他說他是您父親……」

　　中尉沒有糾正衛兵的話，他把香菸扔到地上，怒沖沖地一腳踩滅，喊道：「滾開！我就來。」

　　為了不做任何解釋，中尉一頭鑽進了馬廄。老人堅持要見兒子，衛兵班長每五分鐘向上司報告一次，上司軍官被弄得煩了，就去找薩巴塔。

　　與此同時，那個變得像孩子似的可憐老父親越來越心神不寧。他豎起耳朵聽動靜，只要聽到一點兒聲響他就伸

長脖子往外看。那脖子又紅又皺巴，跟火雞脖子一樣。聽到腳步聲，他就激動得渾身發抖，以為是自己的兒子來擁抱他，來給他講述他的新生活，讓他看他的武器、馬具和馬匹來了。

警衛團軍官佯裝檢查馬廄找到了薩巴塔。他開門見山、乾巴巴地對他說：「有人找您……說是您的父親。」

薩巴塔移開目光，沒有回答。

「他在警衛團……一定要見到您才走。」薩巴塔狠狠地往地上跺了一腳，惱怒地咬了咬嘴唇去了那兒。

他一進警衛團，有個士兵就喊道：「立——正！」聽到喊聲，士兵們立刻如彈簧一般霍地站了起來，團部裡響起一陣刀聲、腳步移動聲和鞋跟撞擊聲。

士兵們對兒子的尊敬反讓老頭兒暈頭轉向，他忘掉了籃子，也忘掉了老母雞，張開胳膊向兒子迎過去。他那像老樹皮般的面龐上綻出了歡欣的笑容，興奮得渾身顫抖著高聲叫道：「我親愛的曼努埃爾！我的小曼努埃爾……」

尉官只冷冷地向他打了招呼。

農夫的雙臂落了下來，臉上的肌肉抖動不止。

中尉偷偷地把他拉出軍營，到了街上，悄悄地對他說：「你都幹了些什麼呀……幹麼到這來看我……我有軍務在

身⋯⋯不能出去。」說罷，轉身走進了軍營。

　　鄉下老頭又回到警衛團，渾身哆哆嗦嗦，茫然不知所措。他狠狠心把雞從籃子裡抓出來拿給警衛班長。

　　「給你們吧，就你們吃！」

　　他向士兵們告了別，失望之下，拖著沉重的步子慢慢離開了。走到門口時，他又轉過身來雙眼含淚地補充了一句：「我兒子特別喜歡吃雞肉，你們給他一塊⋯⋯」

| 作者簡介 |

奧萊加里奧・拉索・巴埃薩（Qlegario Lazo Baeza, 1878-1964），智利傑出作家。

┃悅讀分享┃

　　這篇小說注重從細微處表現人的心理，兒子以鄙夷不屑的語氣大聲說話是為掩飾內心的緊張，他點上香菸用刀鞘劃地是逃避他人詢問的目光。發生在父子之間的故事令人感慨，其中蘊含著作者對人性的反思和對親情倫理的憂慮，讀者也能從中得到啟示，這是小說的價值所在。

　　對兒子的描寫和對父親的描寫隨著故事的發展交替進行，使情節更富懸念，兒子的冷漠虛榮與父親的真切深愛互為比照襯托，產生更好的藝術效果。另外，對兒子的描寫，蘊含著作者對兒子冷酷無情的批判和對父親愛子之心的同情，這不僅使小說的內涵更加深刻，也使小說的主題更為鮮明。

父親

〔日本〕　芥川龍之介

　　那是我就讀中學四年級時的事。那年秋季，學校舉辦四天三夜的畢業旅行，地點是日光到足尾那一帶。學校發的油印紙注意事項中，記載著：上午六點三十分在上野車站候車室集合，六點五十分發車……。

　　當天，我顧不及吃早餐就衝出家門了。從我家到上野車站，搭電車不需二十分鐘即能抵達。明知不會遲到，卻仍心焦氣躁。佇立在月臺紅柱子下等電車時，也焦急萬分。

　　不巧，天空滿布烏雲。讓人情不自禁擔憂那些傳自各工廠的汽笛聲，會驚嚇到大氣中的鉛色水蒸氣，使其整體化為濛濛細雨飄落下來。在如此鬱悶的陰天下，高架鐵路上有火車在行駛。運貨馬車也在趕路駛往被服工廠（譯注1）。街上的商店大門一一拉開。我等車的月臺，也不知何時多了兩三人。每人都掛著一張睡眠不足的臉，沉悶地佇立著。今天實在很冷。

電車總算駛來了。在擁擠不堪的車廂中，我好不容易才抓到一個吊環，接著有人在身後拍我的肩膀。我慌忙回過頭。

「早。」

原來是能勢五十雄。他身上的裝扮跟我完全一模一樣，藍色的男子制服、外套捲起披在左肩、腳上是麻製的綁腿帶、腰上掛著飯包與水壺等等。

能勢跟我畢業於同一小學，又同時升上同一中學。成績平平，沒有特別拿手的科目，也沒有特別棘手的學科。不過，他卻很擅長一些小事，例如流行歌曲，只要耳聞一遍，即能當場重複歌曲的旋律。因此每逢畢業旅行或其他野外活動，全體在外投宿時，晚上他一定會得意洋洋地展現他的特技。吟詩、薩摩琵琶（譯注2）、單口相聲、說評書、口技、變戲法，可說無所不能。不僅如此，他的動作與表情，有種獨特的、能令人不由自主發噱的言外之妙。所以他在同學之間人緣極好，也廣受老師們好評。

「你來得真早。」

「我什麼時候都早啊！」能勢邊說邊聳動著鼻翼。

「不過你上次不是遲到了？」

「上次？」

「國文課那時啊！」

「喔，被馬場修理那次？那是馬場那小子的所謂『智者千慮必有一失』的結果。」能勢呼喚教師名字時，通常不加敬稱。

「我也被那老師修理過。」

「遲到了？」

「不是，忘了帶課本。」

「那個仁丹最囉唆的。」

「仁丹」是能勢為馬場老師取的綽號。

就這樣閒聊著時，電車到站了。

跟搭車時一樣，我們好不容易才從擁擠的人群中擠下車。大概時間還早，聚集地點只來了二三個同學。大家彼此先互道過早安，再爭先恐後搶奪候車室內的木凳子坐，然後就是老樣子，興致勃勃地聊起天來。幾個都是年紀相仿且習慣以「偶」來代替「我」這個自稱的傢伙。這幾個習慣自稱「偶」的傢伙，口沫橫飛地聊著旅行的預定計畫、談著同班同學的糗事，甚至批評起老師來。

「阿泉那小子很混，他有教師用的教科書，所以他說他上課從來沒有預習過。」

「平野更混，那小子在考試時，都把歷史的年代抄在

指甲上作弊。」

「說的也對，連老師都很混。」

「對，對，本間那老頭，明明連 receive 的 i 跟 e 哪個排在前頭都搞不清楚，就用教師用的教科書隨便蒙混一通，人家還不是照樣在教課？」

聊來聊去，不是甲太混就是乙太混，沒有一則好話。過一陣子，能勢批評起坐在他鄰座一個看似工匠、正在閱讀報紙的男人，說他腳上的鞋子像開口雷。因為當時正流行一種叫 McKinley 的新型鞋子，而那個男人的鞋子不但整體失去光澤，且鞋尖又開了個破洞。

「有道理，正是開口雷。」眾人爆笑不已。

於是，其他人也沾沾自喜地打量進出候車室的人們。再用只有東京中學生才說得出口的傲慢詞句，一一品頭論足著那人的一切。恰好我們之中沒有一個對於這種事會感到心虛不安的乖乖牌學生，其中更以能勢的形容最為尖酸刻薄，且最具詼諧感。

「能勢，能勢，你看那個老闆娘！」

「喝，她的臉就像鼓起肚子的河豚。」

「那邊那個戴紅帽子的運貨員，好像什麼的，喂，能勢，你看！」

「那小子是加羅爾五世。」

鬧到最後，竟變成能勢一個人專門負責誹謗的任務。

此時，有人發現時刻表前站著一個怪異的男人，正在查閱蠅頭小字般的數字。那個男人穿著一件黑紫色的西裝，下半身是灰色粗條紋的長褲，包裹著一雙瘦巴巴像體操時用的球桿的腳，頭上戴著一頂老式的黑色寬簷呢帽，呢帽下露出斑白頭髮，看來是個年紀已過半百的男人。不過，他脖子上纏著一條黑白方格花紋的圍巾，腋下夾著一根鞭條般的紫竹長杖。無論他身上的服裝，或是他散發的氣味，都像是有人從雜誌剪下插圖，再將其擱放在此候車室的人潮裡似的。

我們這夥中有個人像是慶幸找到新的發洩對象般，忍俊不禁地聳動著肩膀，笑著拉住能勢的手說：「喂，那人怎樣？」

眾人同時望向那個怪異的男人。男人微微挺起胸往後仰，從背心口袋中掏出一個綁著紫色絲帶的鎳製大懷錶，仔細對照著懷錶與時刻表上的數字。我望見那男人的側臉時，隨即認出他是能勢的父親。

可是，當時那幾個同學，無人知道此事。因此，眾人均興致勃勃地望著能勢，等待能勢會想出什麼適當的形容

詞來戲謔此滑稽的男人，並已準備好聽後的笑聲。能勢此時此刻的心境，不是中學四年級的少年郎能推測出的。我差點就脫口說出「那是能勢的老爸耶！」

就在這時，能勢開口了。「那傢伙嗎？那傢伙是個倫敦乞丐（譯注3）。」

理所當然，眾人同時發出爆笑。有人甚至故意模仿能勢父親的動作，往後仰再裝作掏出懷錶的樣子。我見狀，不自覺低下頭來。因為當時的我，實在沒有勇氣去觀看能勢的表情。

「形容得好，真是一針見血。」

「你們看！你們看！他那頂帽子！」

「古董店的？」

「古董店恐怕也找不到！」

「那，是博物館的。」

眾人又大笑成一團。

陰霾的候車室，昏暗得像是日暮後。透過這昏暗的廉幕，我悄悄地注視著那個倫敦乞丐。

不巧，外面可能已出薄日，一道狹長的亮光，自高聳的天花板上的天窗，茫茫然斜射下來。能勢的父親，正處於那道亮光中。四周，所有的物體都在動。無論視線所及

的，或視線所不及的，都在動。而且這個動態，竟化成無聲靜寂的世界，白霧般地籠罩著候車室這龐大的建築物。唯獨能勢的父親，紋風不動。這個身穿與現代離譜的服裝，本身更與現代絕緣的老人，在這個眼花撩亂的動態人群洪水中，將一頂超脫現代的黑色寬簷呢帽靠後戴著，並將一個綁著紫色絲帶的懷錶擱在右掌中，依然故我地像一尊抽水機般佇立在時刻表前……

日後，我不著痕跡地探聽，才得知當時任職於大學藥房的能勢父親，因想在上班途中順路看一眼兒子跟同學一同赴畢業旅行的模樣，故意瞞著兒子特意趕到候車室來。

能勢五十雄，中學畢業後不久，即罹患肺結核，撒手人寰。在學校的圖書館舉行他的追悼式時，站立在戴著學生帽的能勢遺像前朗讀追悼辭的，正是我。

「你，是個孝子。」……我在悼辭中，加上這麼一句。

譯注：
1.製作陸軍軍服的工廠，位於現在的東京都墨田區橫網町。
2.源自於室町末期鹿兒島一種悲壯旋律的琵琶歌。
3.穿著類似紳士的乞丐。

| 作者簡介 |

芥川龍之介（1892-1927），日本知名小說家，博通漢學、日本文學、英國文學，但一生為多種疾病、憂慮所苦而自鳩輕生，年僅三十五歲。其名作甚多，以極短篇為主，如〈竹林中〉、〈羅生門〉、〈蜘蛛之絲〉等。

| 悅讀分享 |

　　這篇小說擷取了少年成長中的一個微妙瞬間，以簡潔的筆法在兒子和父親的對比中突顯出青春期少年的冷漠與父愛的偉大。

　　能勢並不是一個壞孩子。我們寧願相信，他嘲諷父親，僅僅是出於一種少年的虛榮心。他功課平平，最擅長通過表演、逗樂贏得同學們的青睞。父親出現時，他正在最得意的時候，怎會冒著在同學中失去面子的危險去與父親相認呢？

　　那位父親的形象將會久久停留在讀者的腦海中：他是那麼落伍、土氣、寒酸，像乞丐一樣，佇立在列車時刻表前，但他的胸膛裡跳動著的，是一顆摯愛兒子的心啊！他知道能勢的性格，喜歡評頭論足的人想必都是心理脆弱、自尊心極強的人，所以他唯有偷偷地來看自己的兒子。他

很了解自己的兒子，而且很注意維護勢能的自尊心。

能勢知道同學們口中那個怪異的老男人就是自己的父親，他該如何去做呢，在這點上，作者沒有絲毫的心理描寫，我們也不知道能勢此刻的心情為何，也許能勢在心理深深地自責著，也許很糾結，卻開口說：「那傢伙嗎？那傢伙是個倫敦乞丐！」

「我」想脫口說那是能勢的父親，卻發現能勢是這般作弄自己的父親，「我」低下頭。當時的「我」，實在沒勇氣去觀看能勢的表情，因為「我」以為能勢會痛斥身邊的同學，並告訴他們那個怪異的老男人是自己的爸爸；但是正相反，非但不認自己的爸爸，還順著大家的意願把自己的爸爸用言語羞辱了一番，顯然，這只有能勢知道，只有「我」知道，而「我」看不下去，卻沒有勇氣去指責能勢，只能選擇低頭，而此刻的能勢在「我」的筆下根本沒有一絲自責的描寫，卻與大家笑成一團。

最後在能勢的葬禮上，「我」在悼詞的最後加上了這樣一句，「你，是個孝子。」能勢愛自己的父親嗎？「我」真的認為能勢是個孝子嗎？從開始的「我」差點脫口而出，到後面無勇氣指出而只能選擇低頭，再到最後悼詞後加上「你，是個孝子」，前後矛盾之極，因為「我」認為能勢

應該脫口說出那是自己的父親，他卻沒有這樣做，反而羞辱了父親，「我」沒有勇氣，能勢也沒有勇氣脫口而出「那是我的爸爸，那是我的爸爸……」

河的第三條岸

〔巴西〕 若昂·吉馬朗埃斯·羅薩

　　父親是一個盡職、守本分、坦白的人。據我認識的幾個可以信賴的人說，他從小就這樣。在我的印象中，他並不比誰更愉快或更煩惱，也許只是更沉默寡言一些。家中大小事是母親在掌管，而不是父親，她每天都罵我們幾個孩子——姐姐、哥哥和我。

　　可是有一天，發生了一件事：父親竟然自己去訂購了一艘船！

　　他對船的要求很嚴格，包括必須用含羞草木特製，牢固得可在水上漂二、三十年，大小要恰好供一個人使用。母親對此嘮叨不停，質問父親難道突然想去當漁夫或獵人嗎？父親什麼也沒說。距我們家不到一英里處，有一條大河，水流平靜，又寬又深，一眼望不到對岸。

　　我總忘不了小船送來的那天。父親並沒有顯出高興或特別的神情，他只是像往常一樣戴上帽子，對我們說了聲

再見，他沒帶食物，也沒拿別的東西。我原以爲母親會大吵大鬧，但她沒有。臉色蒼白，緊咬著嘴脣，從頭到尾她只說過一句話：「如果你出去，就待在外面，永遠不要回來！」

父親沒有吭聲，他溫柔地看著我，示意我跟他一起出去。我怕母親發怒，但又實在想跟著父親。我們一起向河邊走去了。我強烈地感到一股勇敢和興奮之情，我問：「爸，你會帶我上船嗎？」

他只是看著我，爲我祝福，然後做了個手勢，要我回去。我假裝照他的意思做了，但當他轉過身去，我伏在灌木叢後，偷偷地觀察他。父親上了船，划遠了。船的影子像一條鱷魚，靜靜地從水上划過。

父親沒有回來，其實他哪兒也沒去。他就在那條河裡划來划去，漂去漂來。每個人都嚇壞了。這樣的事，過去從未發生過，也無法想像會發生的事，現在卻發生了！親戚、朋友和鄰居都議論紛紛。

母親覺得羞辱，她幾乎什麼話都不說，只盡力保持鎮靜。結果幾乎每個人都認爲（雖然沒有人說出口）我父親瘋了。也有人猜想父親是在兌現曾向上帝或者聖徒許過的諾言，或者，他可能得了一種可怕的疾病，也許是麻瘋病，

為了保護家人，同時又想要離家人近一些，才採取這種方式出走。

河上經過的行人和住在兩岸附近的居民說，無論白天黑夜都沒見父親踏上陸地一步。他像一條棄船，孤獨地、漫無目的地在河上漂浮。母親和親戚們一致認為他藏在船上的食物很快就會吃光，到時他就會離開大河，到別的地方去（這樣至少可以少丟一點臉），或者會感到後悔而回到家中。

但，他們大錯特錯了。父親有一個祕密的補給來源：我。我每天偷了食物帶給他。他離開家的頭一夜，全家人在河灘上架柴生火，對天祈禱，朝他呼喊。我感到深沉的痛苦，想為他多做些什麼。第二天，我帶著一塊玉米餅、一串香蕉和一些紅糖來到河邊，焦躁不安地等了很久，很久。終於，我看見那條小船了，遠遠的，孤獨的幾乎察覺不到地漂浮著。父親坐在船板上。他看見了我卻不向我划過來，也沒做任何手勢。我把食物遠遠地拿給他看，然後放在堤岸的一個小石穴裡（動物找不到，雨水和露水也溼不了），從此以後，我天天這樣。後來我驚異地發現，母親知道我所做的一切，而且總是把食物放在我輕易就能偷到的地方。她隱藏了許多不曾流露的情感。

　　母親叫來她的兄弟，幫助做農活和買賣。還請來學校的教師給我們上課，因為我們已經耽誤很多時光了。有一天，應母親的請求，一個牧師穿上法衣來到河灘，想驅走附在父親身上的魔鬼。他對父親大喊大叫，說他有責任停止這種不敬神的頑固行為。還有一次，母親叫來兩個士兵，想嚇嚇父親，但一切都沒有用。父親從遠處漂流而過，有時遠得幾乎看不見。他從不答理任何人，也沒有人能靠近他。當新聞記者突然現身，想對他拍照時，父親就把小船划進沼澤地裡去。他對地形瞭若指掌，而別人進去就迷路。在他這個方圓好幾英里的迷宮裡，上下左右都是濃密的樹叢，他很難被人發現。

　　我們不得不去試著習慣父親在河水上漂浮的事，但事實上卻做不到，我們從來沒有習慣過。我覺得我是唯一多少懂得父親想要什麼和不想要什麼的人。我完全不能理解的是，他怎麼能夠忍受那種困苦——不論白天黑夜、風吹雨打、酷暑嚴寒，都只有一身單薄的衣衫和一頂舊帽子。日復一日，年復一年，生命在廢棄和空寂中流逝，他卻一點都不在意。從不踏上泥土、草地、小島或河岸一步。毫無疑問，他有時也把船繫在一個隱蔽的地方，也許小島的頂端，稍微睡一會兒。他從沒生過火，甚至沒有劃燃過一

根火柴，他沒有一絲光亮。僅僅拿走我放在石穴裡的一點點食物——對我來說，那是不足維生的。他的身體怎麼樣？不停地搖槳要消耗他多少精力？每到河水氾濫時，裹在激流中那許多危險的東西——樹枝、動物屍體等等，會不會撞壞他的小船？他又怎麼能倖免於難？

他從不跟人說話。我們也從不談論他，只在腦子裡默默地想。我們不能不想他。如果有片刻似乎沒想他，那也只是暫時，而且馬上又會意識到他可怕的處境而從中驚醒。

姐姐結婚了，母親不想舉辦結婚宴會，因為那會是一件悲哀的事，就像我們每吃到精美可口的東西，總會想起父親。就像在風雨交加的寒夜，我們睡在溫暖舒適的床上，總會想起父親還在河上，孤零零的，沒有庇護，只有一雙手和一把長瓢在努力舀出小船裡的積水。時常會有人說我越長越像我的父親，但我知道現在父親的頭髮和鬍鬚一定是又長又亂，指甲也一定很長了。我在腦海裡描繪他的模樣：瘦削、虛弱、黝黑、蓬亂的頭髮、幾近赤身裸體——儘管我偶爾也給他留下幾件衣服。

他看起來一點也不關心我們，但我還是愛他，尊敬他，無論什麼時候，有人因我做了一些好事而誇我，我總是說：

「是爸爸教我這樣做的。」

這不是確切的事實，但卻是真誠的謊言。雖然父親似乎一點兒也不關心我們，但他為什麼留在附近？為什麼他既不順流而下，也不逆流而上，去一個他看不見我們，我們也看不見他的地方呢？只有他知道。

姐姐生了一個男孩。她堅持要讓父親看看外孫。那天天氣好極了，我們全家來到河邊。姐姐穿著白色的新婚紗裙，高高地舉起嬰兒，姐夫為他們撐著傘。我們呼喊，等待。但父親始終沒有出現。姐姐哭了，我們都哭了，大家彼此攙扶著。

姐姐和姐夫一起搬到遠處了，哥哥也到城裡去。時代在不知不覺中變遷。母親最後也走了，她老了，和女兒一起生活去了。只剩下我一個人留了下來。我從未考慮過結婚。我留下來獨自面對一生中的困境。父親，孤獨地在河上漂游的父親需要我。我知道他需要我，儘管他從未告訴過我為什麼要這樣做。我固執地問過別人，他們都告訴我，聽說父親曾向造船的人解釋過。但是現在這個人已經死了，再沒有人知道或記得一點什麼。每當大雨持續不斷時，就會冒出一些閒言來，例如說父親像《聖經》的諾亞一樣聰明，預見到一場新的大洪水，所以造了這條船。我隱隱

約約地聽見別人這樣說。不管怎麼樣,我都不會因這件事責備父親。

我的頭髮漸漸地灰白了。

只有一件事讓我很難過:我有什麼不對?我到底有什麼罪過?父親的出走,卻把我也扯了進去。大河,總是不間斷地更新自己。大河總是這樣。我漸漸因年老而心瘁力竭,生命躊躇不前。我生病、焦慮,又患了風溼病。他呢?為什麼,為什麼要這樣?他肯定遭受了更可怕的傷痛,他太老了。終有一天,他會筋疲力竭,只好讓小船翻掉,或者聽任河水把小船沖走,直到船內積水過多而沉入滾滾不停的潛流之中。這件事沉沉地壓在我心上,他在河上漂泊,我被永遠地剝奪了寧靜。我因不知道到底發生了什麼而感到罪過,痛苦是我心裡裂開的一道傷口。也許我會知道──如果事情不同。我開始猜想什麼地方出了差錯。

別想了!難道我瘋了?不,在我們家裡,這麼多年來從沒提到這個詞。沒有人說別人瘋了,因為沒有人瘋,或者每個人都可能瘋了。我所做的一切就是跑到岸邊,揮舞手帕,也許這樣他會更容易看見我。我完全是強迫自己這樣的,我等待著,等待著。終於,他在遠處出現了,那兒,就在那兒,一個模糊的身影坐在船的後部。我朝他喊了好

幾次。我可指天發誓，我已盡可能大聲喊出我急切想說的
話：

「爸爸，你在河上漂浮太久了，你老了……回來吧，
你不是非這樣繼續下去不可……回來吧，我會代替你。就
在現在，如果你願意的話。無論何時，我會踏上你的船，
頂上你的位置。」

說話的時候，我的心跳得更厲害了。

他聽見了，站了起來，搖著船槳向我划過來。他接受
了我的提議。我突然渾身顫慄起來。因為他舉起他的手臂
向我揮舞——這麼多年來這是第一次！我不能……我害怕
極了，毛髮直豎，發瘋地跑開了，逃掉了。因為他像是另
外一個世界來的人。我一邊跑一邊祈求寬恕，祈求，祈求。

極度恐懼帶來一種冰冷的感覺，我病倒了。從此以後，
沒有人再看見過他，聽說過他。從此我還是一個男人嗎？
我不該這樣，我本該沉默。但明白這一點又太遲了。我不
得不在內心廣漠無際的荒原中生活下去。我恐怕活不長
了。當我死的時候，我要別人把我裝在一隻小船裡‧順流
而下，在河上迷失，沉入河底……河……

| 作者簡介 |

若昂・吉馬朗伊斯・羅薩（João Guimarães Rosa, 1908-1967），巴西作家，也是一位醫生和外交官。他的作品在語言上有所創新，受流行語和方言的影響，由於作者的博學，創造了一大批新詞和語法。其代表作為《廣闊的腹地：條條小徑》。

| 悦讀分享 |

〈河的第三條岸〉是一種生存方式的抉擇。當生活讓我們無法抵達此岸或彼岸，我們只能在第三條岸上漂蕩。「第三條岸」是心靈的空間，是意願的牧場，是靈魂的夢境，是自由的天堂。順應心靈意願蕩漾在水光潋灩中，其樂融融。我們凡夫俗子無法感應它，因為我們為活著而生存；有人卻能感知它，因他為靈魂而活著。既然這是這個父親的選擇，我們只能尊重。我們縱然做不到，但我們無權牴觸並排斥。因為世界是寬容的，我們的包容也是寬廣的。

在每個父親漸老的胸膛裡，他們的心靈又何嘗不是漂流在我們無限陌生的地方呢？作家講述是人體內非人意識的覺醒，是從文明社會的人類解下層層束縛，重新尋找赤

身裸體的、背離道德的自由過程。他在自己的形象裡越走越遠，最後走出了人的疆域。有趣的是，這時他仍然是一個活生生的人。這個永不上岸的父親，使羅薩的故事成為一個永不結束的故事。

作家在講述這個故事時，沒有絲毫離奇之處，似乎是一個和日常生活一樣真實的故事，可是它完全不是一個日常生活的故事，它給予讀者的震撼是因為它將讀者引向了深不可測的心靈夜空，或者說將讀者引向了河的第三條岸。羅薩指出荒誕作品存在的方式，都是在人們熟悉的事物裡進行並且完成敘述，而讀者卻是鬼使神差地來到了完全陌生的境地。作家為什麼要認真現實地刻畫每個細節？因為他們在具體事物的真實上，有著難以言傳的敏銳和無法擺脫的理解，同時他們的內心總是在無限地擴張，因此他們作品的形式也會無限擴張。其中塑造了一個父親的形象，而且也同樣是一個脫離了父親概念的形象。

作品本身有許多可討論的空間，例如一艘只能容納一人、駛往彼岸的小船，令人聯想到棺木。世間棺木形狀的東西何其多也！水上扁舟形如棺木，陸上載運客貨的大型車輛、火車的車廂又何嘗不像超大型的棺木？

討論這篇作品的專家學者多半嘗試去研究文中父親的

「異樣」行為，卻忘記了那位一再犧牲自己，「救援」父親，極力想勸父親重回陸地的敘述者「我」。「我」一輩子不停在岸邊呼喚、等待，盡心盡力，完全沒有屬於自己的生活。家人逐漸離去，只剩他一人不死心，文尾的最後懇求似乎讓父親動心，「我」反而感到極度恐懼而逃避，終究沒有再見一面，成為憾事。但「我」也青春不再，年華老去，很可能成為現代的「下流老人」。這當然是現實面的考量，也是值得討論的層面。

　　「我」在最後一次呼喚中得到父親的回應，反而畏懼逃避，使得結尾更有韻味。如果作者安排父親回歸陸地，會不會讓讀者讀不下去？又不是做一齣迎合大眾口味的家庭倫理道德劇，何必要編成大團圓？因為「我」的反悔，使得讀者更有填補空間。人人都有不同的結局，這個故事也就沒有結局了。這樣更合乎作者原來書寫的準則。

　　這篇作品也讓人想起傑羅姆·魏德曼所寫的那位整夜坐在黑暗中的父親（〈父親坐在黑暗中〉，參見《愛的傳奇——世界文學名作選》一書），似乎為人父者都是寂寞難解的。

父親

〔挪威〕　比昂斯滕‧比昂松

　　本故事的主人公是他所在堂區最富有、最有影響力的人，他的名字叫索爾德‧奧弗拉斯，瘦高個子，為人誠實。

　　一天，索爾德走進牧師的書房。

　　「我有兒子啦！」他興奮地說，「我想把他帶來接受洗禮。」

　　「想給他取什麼名字？」

　　「芬恩，取我父親的名字。」

　　「那麼，他的教父或教母是誰呢？」

　　索爾德提及幾個人的名字，他們都是本堂區地位最高的親戚。

　　「還有其他的事嗎？」牧師抬起頭來問。

　　索爾德猶豫了一下。

　　「我很想讓他自己單獨受洗。」他最後說道。

　　「這麼說就選擇一個週末吧？」

「下星期六，中午十二點。」

「還有別的事嗎？」牧師問。

「沒什麼。」索爾德捲起帽子，好像要準備離開。

這時候，牧師站了起來。「不過，我還有一句話，」說著，牧師走向索爾德，拉著他的手，嚴肅地看著他的眼睛：「上帝祝願這個孩子會給你帶來幸福。」

十六年後的一天，索爾德又一次走進了牧師的書房。

「索爾德，你怎麼一點不顯老啊！」牧師驚訝地說道。他發現索爾德這麼多年來外表幾乎沒有變化。

「因為我沒有煩惱。」索爾德回答。

聽了這話，牧師沒吭聲。過了一會兒他問道，「今天你有什麼高興的事嗎？」

「今晚我是為兒子的事來的，明天要給他施堅振禮。」

「他是一個聰明的孩子。」

「你先告訴我明天教堂給他排第幾號，我才會付錢給你，牧師。」

「他將排在第一號。」

「既然你這麼說，那就好。這是十美元。」

「還有什麼事需要我幫忙的嗎？」牧師兩眼直視索爾德問。

「沒有其他事了。」

索爾德走了出去。

又八年過去了。一天，牧師的書房外傳來一陣嘈雜聲，一群人走過來，領頭的是索爾德，他第一個進門來。

牧師抬起頭，認出了他。

「索爾德，你今晚怎麼有這麼多人陪著？」他問道。

「我今天來要為我兒子發布結婚啟事。他將要迎娶古德曼的女兒凱倫・史托麗汀。站在我身邊的這位就是古德曼先生。」

「噢，她是你們堂區最有錢的女孩！」

「大家都這麼說。」索爾德答道，隨手把頭髮往後撥。

牧師坐了一會兒，似乎陷入沉思，然後在他的名冊上記下各人的姓名，沒有提出任何意見。隨後，一同來的人在下方簽下自己的名字。索爾德掏出三美元，放在桌子上。

「我只收一美元。」牧師說道。

「這我很清楚，但他是我唯一的孩子，所以，這點我不在乎。」

牧師把錢悉數收下。

「索爾德，你這是第三次為你的兒子來教堂了！」

「是啊！不過，我很快就要解脫了！」索爾德說著，

收起皮夾，和牧師道別後走出去。

隨行人員靜靜地跟著索爾德離開。

兩個星期後，父子倆駕著小船，湖面平靜，他們正朝古德曼家的方向划去，準備為婚禮作安排。

「這船的坐板不怎麼牢固。」兒子說著站了起來，想把它調整一下。

恰在此時，由於船板溼滑，隨著一聲尖叫，他一失足從船上摔了出去。

「抓住船槳！」父親急忙喊道，然後跳了起來，伸出船槳。

兒子試圖抓住船槳，但由於太過緊張而一再的失敗。

「挺住！」父親大聲喊叫，向兒子奮力划去。只見他的兒子翻身仰躺在水面上，朝父親長長地望了一眼，隨即沉了下去。

索爾德簡直不敢相信眼前的一切，他緊緊地抓著船舷，兩眼死死地盯著兒子下沉的地方，似乎堅信兒子一定會再浮出水面。但是，只見水中冒出幾個氣泡，接著又是一些氣泡，最後是一個大氣泡，很快大氣泡破滅了，漸漸地湖面又恢復了平靜，像鏡子一樣閃爍著光亮。

人們看到這位父親三天三夜不吃不喝，划著船在那個地方轉來轉去。他發了狂般的在湖上搜尋兒子的屍體。第三天早晨，終於找到屍體了。他抱著兒子的屍體翻山越嶺，才終於回到家裡。

一年後的一個秋日的傍晚，牧師聽到門外走廊上有人走動，他打開門，有位身材瘦削、背部微駝、滿頭白髮的老人。牧師端詳良久，才認出了他。原來是索爾德！

「這麼晚你還出來散步？」牧師問。

「是的，現在已經很晚了。」索爾德說著，找一個位子坐下。

牧師也坐了下來，似乎在等待什麼，接著便是一段長久的沉默。最後，索爾德打破了沉默，「我今天有事相託。我想把我的財產捐給窮人，我想把它作為我兒子的遺產。」

他站了起來，將錢放在桌上，然後又坐了下來。牧師數了數。

「這可是很大一筆錢。」牧師說道。

「這是我莊園的一半價錢。我今天把它賣了。」他答道。

牧師坐在那裡，沉思良久。最後，他平和地說道：「索爾德，你這樣做的目的是什麼？」

「爲了心靈的慰藉。」

他們坐了一會兒，索爾德低垂著雙眼。牧師兩眼盯著索爾德，口氣平緩地說道，「我想你的兒子終於給你帶來了眞正的幸福。」

「是的，我自己也這麼認爲。」索爾德說著，抬起頭，兩顆豆大的淚珠順著面頰緩緩地滾落下來。

| 作者簡介 |

比昂斯滕・比昂松（Bjørnstjerne Bjørnson, 1832-1910）挪威劇作家、詩人、小說家。主要作品有劇作《皇帝》、《挑戰的手套》，詩集《詩與歌》等。1903 年作品《挑戰的手套》獲諾貝爾文學獎，獲獎理由是：「他以詩人鮮活的靈感和難得的赤子之心，把作品寫得雍容、華麗而又繽紛。」

┃悅讀分享┃

　　作品以「父親」爲名，集中寫索爾德一人，兒子只出現在划船渡湖的遇難時，而母親則隻字未提。索爾德在物質上非常富有，在地方上有影響力，有優越感，態度上也有些傲慢。如開頭寫他趾高氣昂的去見牧師，後來還要牧師先告知排號才付錢等等。作爲一位父親，索爾德深愛自己的兒子，比如他幾次到牧師家，請牧師爲孩子單獨洗禮、施堅振禮等等；兒子意外死亡，索爾德變得善良，有愛心，他捐贈大筆錢財。

　　划船那日，湖面平靜，說明父子二人選擇這個日子去古德曼家，是很正確、很自然的事，也使兒子落湖橫死，劇情出人意表，極具震撼力、衝擊力。與下文兒子沉入水底，湖面依舊風平浪靜前後呼應，暗示著索爾德內心波濤翻滾，形成了極大的反差。

　　兒子之死，給他帶來的巨大傷痛，歷經一年，也不曾消除。自己的轉變是偉大的，但也有一種無奈的情緒──以兒子的生命爲代價。牧師的話，終於觸發了他的情感。

　　兒子出生後，索爾德把很多愛都給了兒子，他沉浸在巨大的幸福裡，無憂無慮，但這種幸福是一個小家庭的幸福，是狹隘的幸福，這種愛是一種小愛。兒子去世後，他

把錢財捐贈給窮人，把愛分給更多的人，這是一種高尚的愛，一種大愛，這種使很多人得到愛的幸福才是牧師所謂真正的幸福。奉獻使人高尚而幸福。

牧師認為索爾德為了兒子捐獻出半個莊園的錢，為窮人做些好事，才是真正的幸福；物質上的富有，並不意味著真正的幸福，只有具有博愛之心，才是真正的幸福。

父親是一個在他所屬的教區中最富有、最有影響的人。兒子在世時，他為人高傲，看重錢和面子，對兒子充滿無限的愛心。兒子去世後，他有了頓悟，變得好善樂施，也領悟了做人的真諦。

諾貝爾文學大師
的經典之作

鷹的飛翔

〔丹麥〕　亨瑞克・彭托皮丹

　　這是關於一隻年輕的鷹的故事。當牠還是黃嘴雛鷹的時候，被帶到教區牧師的家裡。在那有眾多家禽的院子裡，有好心的人悉心照料牠，就像童話故事中的醜小鴨一樣，小鷹在嘎嘎叫的鴨子、咯咯叫的母雞和咩咩叫的綿羊中長大。人們爲牠取了一個平民的名字──克勞斯。

　　牠通常在靠近豬圈的一處舊籬笆上棲息，在那兒等著女傭。只要特蘿茜一出現，牠就會立刻竄到路面上，搖搖晃晃地、以背麻袋賽跑似的滑稽步伐走向裝滿的食槽。這種步伐是蒼穹之王在地面行走時所特有的。

　　然而有一天，當新鮮的南風吹來了春天，鷹像平日一樣棲息在籬笆上，百無聊賴地做著夢，突然一股懵懂的、對自由的渴望，令牠張開翅膀飛翔了，這回牠不像往常那樣掉在地上，而是一下子升到了空中。一開始牠還小心試探著。最後，伴隨著一聲快樂、野性的尖叫，牠扶搖直上，

在高高的天上盤旋了一圈。霎時，牠明白了做一隻鷹的意義。

牠飛過村莊、森林和陽光照耀的湖泊。鷹向著蒼穹越飛越高，陶醉於廣闊的地平線和自己翅膀的力量。

突然牠停了下來，四周浩大的虛空令牠害怕，於是落在一處可以歇息的地方。牠的頭上矗立著層層岩石，陡峭光禿的石牆上沒有一處可以避風。西方，夕陽在一片猩紅的晚霞中，預示著風暴與暗夜。

當傍晚的薄霧籠罩了河谷，一股強烈的孤獨感襲上了這隻高貴的鳥兒的心頭。沮喪之餘，牠看到一群牛隨著尖銳的哨聲走回柵圈，前方就是人類舒適的住所了。牠收緊翅膀，把喙深深插進胸前的羽毛中，孤零零地站在沉寂、荒涼的岩石上。

突然頭頂上傳來振翅飛翔的聲音，一隻白喙的雌鷹盤旋在紅霞的天宇上。

年輕的鷹在原地待了一會兒，伸著脖子考慮著這奇怪的景象，但牠立刻拋開猶豫，拍動強健有力的雙翼，衝向高空，瞬時已接近牠的同伴。於是兩隻鷹開始了一場群山之上野性的追逐。雌鷹總是在前面高飛，克勞斯盡力趕上，儘管牠更沉重且喘得厲害。

　　雌鷹是不是永遠也不會停下來？牠想著，牠快耗盡氣力了，翅膀感到又累又重。

　　雌鷹飛得越來越高，離深紅色的山峰越來越遠，呼喚著，誘惑著牠跟過來。牠們來到一片廣漠的荒野，凌亂的巨石相互傾頹。猛然間牠們面前的視野敞開了，流動的雲端上，如幻景般，綿延著常年積雪的詭祕地域，那裡從未被眾生汙染，是鷹與寂靜的家園。白晝的最後一抹光線似乎在皚皚的白雪上安睡了。牠的後面，暗藍的天幕升起，布滿寧靜的星星。

　　克勞斯感到好害怕，牠停下來棲息在一塊石頭上，因寒冷和不適而顫抖著。看著這片白色的、幽靈般的大地，牠憶起溫暖的籬笆和舒適的家禽院子。牠還想起了特蘿茜，每當教堂的鐘聲宣告了日初之時，她就會從廚房裡出來，帶來可口的食物。

　　雌鷹的呼喚透過寒冷的空氣傳來，但是克勞斯無聲地鼓起翅膀，悄悄地往回飛了。一開始還有些躊躇，但不久就變得快速而急切，被牠的恐懼、牠的熱望、牠甜蜜的渴盼所追逐，牠的心裡只有一個念頭：家、家、家！

　　經過一夜執著的飛行，直到第二天早上這可憐的鳥兒才抵達牧師的家。牠在牠所愛的家園上空盤旋了一會兒，

似乎是要確信下方一切如常。

然後牠緩緩的降落。

但災難發生了。一個雇工正巧發現了牠，而且他也未曾聽說克勞斯飛走的消息。他連忙跑進屋子裡取了一把槍，掩身在一棵樹後面，打算趁這個被當作獵食家禽的竊賊靠近時再開火。

槍響了！

天空中飄蕩著幾根羽毛，死鷹像石頭一樣筆直地落在糞堆上。如果牠是在家禽的院子裡長大的話，那麼即使是鷹的後代也是徒勞的。

| 作者簡介 |

亨瑞克‧彭托皮丹（Henrik Pontoppidan, 1857-1943），丹麥現實主義作家，1917 年與丹麥的另一位作家卡爾‧耶勒魯普 (Karl Adolph Gjellerup, 1857-1919) 共同獲得諾貝爾文學獎。

┃悅讀分享┃

　　這是一篇引人深思的寓言體小說，作者所要表現的決不僅僅是鷹的悲劇，而是在故事裡寄寓了他對社會、人生的豐富思考。雛鷹在家禽院子裡生活時，受到人們的照料、餵養，整日漫步於鴨子、母雞和綿羊等動物中，所以在飛翔時，還是會想起曾經擁有的溫暖和舒適。結尾時牠被雇工打死了，這個偶發的結局雖然削弱了作品對主題的表達，但還是會讓讀者感到震撼。

　　鷹的「飛翔」經歷四個階段。先試飛，內心渴望飛翔，也為掉到地上而滿懷困惑，感到羞愧。接著初飛，由最初的小心試探而變得勇敢，充滿快樂，十分陶醉到後來不知所措，孤獨無聊。然後高飛，由不再猶豫、堅定地飛翔，而轉到再次猶豫悲傷、貪戀家禽院子。最後回返，一開始還有些躊躇，後來變得急切、執著地想回到家園。

　　文中多處運用對比手法，一是年輕的鷹與雌鷹的對比。以雌鷹的矯健有力，凸顯年輕的鷹的力不從心；以雌鷹的執著堅定，突出年輕的鷹的躊躇猶豫，以及在母雞和綿羊中間長大的鷹的弱點，即使有雌鷹的召喚，年輕的鷹也難以割捨舒適安逸的生活。另外，年輕的鷹與家禽院子的動物也是對比。年輕的鷹出身高貴、充滿對天空的渴望，與

家禽院子那些碌碌之輩相比，具有想要擺脫平庸的高貴品格。

　　全文最後說「如果牠是在家禽的院子裡長大的話，那麼即使是鷹的後代也是徒勞的。」闡明了作者的觀點：人即使自身具有得天獨厚的優越條件，但如果長期生活在平庸而舒適的環境中，又缺少必要的勇氣，就難以擺脫平庸，難以實現自身的生命價值。

十個印第安人

〔美國〕　恩尼斯特·海明威

　　有一年的獨立紀念日晚上，尼克同喬·迦納一家子坐上大篷車，要從鎮上趕回家，一路上碰到九個喝醉的印第安人。他記得有九個，因為喬·迦納在暮色中趕車時勒住了馬，跳到路中，把一個印第安人拖出車轍。那印第安人臉朝下，趴在沙地上睡著了。喬把他拖到矮樹叢裡，就回到車廂上。

　　「光從鎮子邊到這裡，」喬說，「算起來一共碰到九個人了。」

　　「那些印第安人哪！」迦納太太說。

　　尼克跟迦納家的兩個小子坐在後座，他探頭瞧著喬拖到路邊的那個印第安人。

　　「這人是比利·泰布肖嗎？」卡爾問。

　　「不是。」

　　「看他的褲子，怪像比利的。」

「所有的印第安人都穿一樣的褲子。」

「我沒看到，」弗蘭克說，「我什麼東西也沒看到，只看到爸跳到路中又回來了，我還以爲他在打蛇呢！」

「我看，今晚不少印第安人都在打蛇呢！」喬‧迦納說。

「那些印第安人哪！」迦納太太說。

他們一路趕著車。從公路幹道再拐入上山的坡道。馬要拉車爬坡是很費勁的，於是小夥子們下車步行。路面全是沙土。尼克從校舍旁的小山頂回頭，只見普托斯基的燈火閃爍，隔著小特拉弗斯灣，對岸斯普林斯港也是燈火閃爍。末了，他們又爬上大篷車。

「他們應當在那段路面上鋪些石子才是。」喬‧迦納說。大篷車沿著林間那條路跑著。喬和太太緊靠著坐在前座。尼克坐在兩個小夥子當中。那條路出了林子，進入一片空地。

「爸就是在這兒壓死臭鼬的。」

「還要往前呢！」

「在哪兒都一樣，」喬頭也不回地說，「在這兒壓死臭鼬跟在那兒壓死臭鼬還不都是一碼事？」

「昨晚我看見兩隻臭鼬。」尼克說。

「哪兒？」

「湖那邊。牠們正沿著湖濱尋找死魚呢！」

「搞不好是浣熊。」卡爾說。

「是臭鼬！我總認得出臭鼬吧！」

「你應當認得出，」卡爾說，「你有個印第安女友嘛！」

「別那樣說話，卡爾。」迦納太太說。

「唉，聞上去都一個味呀！」

喬‧迦納哈哈大笑了。

「你別笑了，喬，」迦納太太說。「我決不准卡爾那樣說話。」

「你有沒有印第安女友啊，尼基？」喬問。（譯注 1）

「沒有。」

「他有，爸，」弗蘭克說，「他的女朋友是普蘿登絲‧米契爾。」

「不是。」

「尼基每天都去看她。」

「我沒。」尼克坐在暗處裡，夾在兩個小夥子中間，聽人家拿普蘿登絲‧米契爾打趣，心裡挺高興的。「她不是我女朋友。」他說。

「聽他說的！」卡爾說，「我每天都看見他們在一塊兒。」

「卡爾找不到女朋友，」他母親說，「連個印第安妞兒都沒有。」

卡爾一聲不吭。

「卡爾碰到女孩就不行了。」弗蘭克說。

「你閉嘴。」

「你這樣滿好，卡爾，」喬·迦納說，「女朋友對男人可沒一點好處，瞧你爸。」

「是啊，你就會這麼說，」大篷車一顛，迦納太太順勢挨緊喬，「得了，你一生有過不少女朋友啦！」

「我敢打賭，爸決不會有印第安女朋友。」

「你可別這麼想，」喬說，「你最好還是留神看著普蘿荻（譯注 2），尼克。」

他妻子同他說了句悄悄話，他哈哈大笑。

「你在笑什麼啊？」弗蘭克問。

「你可別說，迦納。」他妻子警告說。喬又笑了。

「尼克儘管跟普蘿登絲做朋友好了，」喬·迦納說，「我就娶了個好姑娘。」

「那才像話。」迦納太太說。

　　馬在沙地上費勁地拉著車。喬在黑暗中伸出手，揚了揚鞭子。

　　「走啊，好好拉車！明天你得拉更重的車呢！」

　　大篷車一路顛簸不停，跑下長坡。到了農舍，大家都下了車。迦納太太打開門，到了屋裡，手裡拿著一盞燈出來。卡爾和尼克把大篷車後面的貨物卸下來。弗蘭克坐在前座上，把馬車趕入馬棚，把馬安頓好。尼克走到臺階上，打開廚房門，迦納太太正在生爐子。她正往木柴上倒煤油，不由得回過頭來。

　　「再見，迦納太太，」尼克說。「謝謝你們讓我搭車。」

　　「哎，什麼話，尼基。」

　　「我玩得很開心。」

　　「我們歡迎你來。你不留下吃飯嗎？」

　　「我還是走吧。我想我爸大概在等著我。」

　　「好吧，那就請便。請你把卡爾叫來好嗎？」

　　「好。」

　　「明天見，尼基。」

　　「明天見，迦納太太。」

　　尼克走出院子就直奔馬棚。喬和弗蘭克正在擠奶。

　　「明天見，」尼克說。「我玩得開心極了！」

「明天見，尼克，」喬・迦納大聲說，「你不留下吃飯嗎？」

「嗯，我不能留下。請你轉告卡爾，他媽媽叫他去。」

「好，明天見。尼基。」

尼克光著腳，在馬棚下面草地間的小路上走著。小路溼滑，赤腳沾到露水感覺涼涼的。他在草地盡頭爬過籬笆，穿過一條峽谷，腳在沼澤泥巴裡泡溼了，接著他攀越乾燥的山毛櫸樹林，終於看見家裡的燈光。他翻過籬笆，繞到前門廊上。他從視窗看見父親正坐在桌前的大燈光下看書。尼克開門進屋。

「嘿，尼基，」父親說。「今天玩得開心嗎？」

「我玩得很開心，爸。今年的獨立紀念日真有意思。」

「你餓了吧？」

「可不。」

「你的鞋呢？」

「我把鞋落在迦納家的大篷車上了。」

「快到廚房裡來。」

尼克的父親拿著燈走進去。他打開冰箱，尼克也走進廚房。他父親端來一個盤子，盛上一塊凍雞，再拿來一壺牛奶，把這些都放在桌上，再擱下燈。

「還有些餡餅，」他說，「夠了嗎？」

「好極了！」

他父親在鋪著油布的飯桌前坐下，廚房牆壁上映出他巨大的身影。

「球賽哪隊贏了？」

「普托斯基隊。五比三。」

他父親坐著看他吃，提著壺替他在杯裡倒牛奶。尼克喝了奶，在餐巾上擦擦嘴。他父親伸手到擱板上拿餡餅。他給尼克切了一大塊。原來是越橘餡餅。

「你都忙些什麼呢，爸？」

「我早上去釣魚。」

「你釣到了什麼？」

「只有鱸魚。」

他父親坐著看尼克吃餅。

「你今天下午做了些什麼？」尼克問。

「我在印第安人營地附近散散步。」

「你看見過什麼人嗎？」

「印第安人全在鎮上喝得爛醉。」

「你一個人也沒見到？」

「我看見你朋友普蘿登絲了。」

「她在哪兒？」

「她跟弗蘭克‧沃希伯恩在林子裡。我撞見他們。他們已在一塊兒好一陣子了。」

他父親沒看著他。

「他們在幹什麼？」

「我沒停下來細看。」

「跟我說說他們在幹什麼？」

「我不知道，」他父親說，「我只聽見他們在拚命扭動。」

「你怎麼知道是他們？」

「我看見他們了。」

「我還以為你說沒看見他們呢！」

「哎，對了，我看見他們了。」

「是誰跟她在一塊兒？」尼克問。

「弗蘭克‧沃希伯恩。」

「他們可──他們可── 」

「他們可什麼啊？」

「他們可開心？」

「我想總開心吧！」

他父親屈身離開桌邊，走出廚房紗門。他回來一看，

只見尼克眼巴巴看著盤子。原來他剛才在哭。

「再吃些？」他父親拿起刀來切餡餅。

「不了。」尼克說。

「你最好再吃一塊。」

「不了，我一點也不要了。」

他父親收拾了飯桌。

「他們在樹林裡什麼地方？」尼克問。

「在營地後面。」尼克看著盤子。他父親又說，「你最好去睡睡吧，尼克。」

「好。」

尼克進了房，脫掉衣服，上了床。他聽見父親在起居室裡走來走去。尼克躺在床上，把臉蒙在枕頭裡。

「我的心碎了，」他想。「如果我這麼難受，我的心一定碎了。」

過了一會兒，他聽見父親吹滅了燈，走進自己房裡。他聽見外面樹林間刮起一陣風，感到這陣風涼颼颼地透過紗窗吹進屋來。他把臉蒙在枕頭裡躺了老半天，過一會兒就忘了去想普蘿登絲，終於睡著了。半夜時，尼克醒來，聽到屋外鐵杉樹林間的風聲、湖水的拍岸聲，他又入睡了。早上，風起了，湖水高漲，漫到湖濱，他醒來好一會兒才

想起自己的心碎了。

譯注：
1.「尼基」是「尼克」的暱稱。
2.「普蘿荻」是「普蘿登絲」的暱稱。

| 作者簡介 |

恩尼斯特‧海明威（Ernest Hemingway, 1899~1961），美
國記者和作家，二十世紀最著名的小說家之一，美國「迷
失的一代」（Lost Generation）作家中的代表人物，他的
作品對人生、世界、社會都表現了迷茫和徬徨。

海明威一生中曾榮獲不少獎項。他在第一次世界大戰期間
被授予銀製勇敢勳章；1952 年，他以《老人與海》一書獲
得普立茲獎；1954 年，《老人與海》又為海明威奪得諾貝
爾文學獎。2001 年，海明威的《妾似朝陽又照君》（*The
Sun Also Rises*）與《戰地春夢》（*Farewell to Arms*）兩部
作品被美國現代圖書館列入「二十世紀百大英文小說」。
海明威的寫作風格以簡潔著稱，對美國文學及二十世紀文
學的發展有極深遠的影響；他的很多作品至今仍極具權威。

┃悅讀分享┃

　　這篇故事講的是在某個美國獨立紀念日那天，參加完鎮上的慶祝活動後，故事主角尼克和喬·迦納夫婦，以及兩個兒子弗蘭克和卡爾，一同坐著迦納家的四輪大馬車，乘著暮色趕路回家，途中遇見九個醉酒的印地安人。到家後，尼克聽父親說他的印第安女友普蘿荻在樹林裡跟別人鬼混，感到傷心欲絕。

　　愛情最迷人之處，莫過於它的細微變化。正是這些變化，讓愛可以那樣的奇異和妙不可言。海明威是描述這類變化的個中高手，寫出了最不好寫的情感——最簡單又最複雜，也是最單純的。那是屬於一個孩子的情感世界。看似好玩，卻最是認真、銘心刻骨。當大人問起尼克的女朋友，他的回答是「沒有」，但他是那樣的愛聽他們在繼續討論她，「心裡感到十分高興」。而當他從爸爸口中得知，她和另一個男孩在樹林裡時，他不斷追問，打聽事情真相，最後再也吃不進東西了。多麼熟悉的一種感受啊！愛過的人對此都不會陌生！作者喚醒那些幾乎已被我們忽略的東西。那個躺在被窩，臉埋在枕頭裡，感覺「我這麼痛苦，我的心一定是碎了」，是尼克，也是我，還是許多人。尤其是最後一段，簡直是神來之筆，一個孩子融在夜色裡的

種種，充滿孩子氣的眞實和痛感，讓人很難不心生感動。

第二天早上醒來，尼克並沒有立刻想到自己心碎了，這證明他的心碎可以修補癒合。或許他認爲，那位印第安女孩並沒有完全背叛他吧！

早餐

〔美國〕　約翰・史坦貝克

　　我每想起這件事，心中總有一種愉快、滿足之感。說來也怪，連最小的細節至今仍歷歷在目。我曾多次追憶這件事，而每次都能在記憶中的矇矓處想起一個新細節，這時，那種美妙溫馨的快感就油然而生。

　　那是凌晨時分，東邊的山巒仍是一片藍黑色，但山後已晨曦微露，一抹淡淡的紅渲染著山巒的邊緣。當這道紅色的光往高空移升時，它的色澤越變越冷、越淡、越暗，當它接近西邊天際時，就逐漸和漆黑的夜空融為一體了。

　　天很冷，雖然算不得刺骨嚴寒，但也凍得我拱背縮肩，拖曳著雙足，把兩手搓熱後插進褲兜裡。我所置身的這座山谷，泥土呈現了拂曉時特有的灰紫色。我沿著一條鄉間小路往前走，突然看見前方有一座顏色比泥土略淡的帳篷，帳篷旁有橘紅色的火苗在一只生銹的小鐵爐下閃爍著。短而粗的「煙筒」噴出一股灰色的濃煙，煙柱向上直

直升起，過了好一會兒才在空中飄散。

　　我看見火爐旁有位姑娘，她身穿一件褪色的布衣裙，外面罩著一件背心。我走近後才發現她那彎曲著的胳膊正摟抱一個嬰兒，嬰兒的頭暖暖和和地包在背心裡面，小嘴正在吮奶，這位母親不停地兜來轉去，一會兒掀開長鏽的爐蓋以加強通風，一會兒拉開烤箱上的門，而那個嬰兒一直在吮奶。嬰兒既不影響她幹活，也沒影響她轉動時輕捷優美的姿態，因為她每個動作都準確而嫻熟。從鐵爐下透出的橘紅色的火苗，把跳動著的黑影投映在帳篷上。

　　我走近時，一股煎鹹肉和烤麵包的香味撲面而來，我認為這是世界上最令人感到愉快和溫暖的氣味。這時，東邊的天空已亮起來，我走近火爐，伸手去烤烤火，一觸到暖氣，全身不免震顫了一下。突然帳篷的門簾向上一掀，走出一個青年，後面跟著一位長者。他倆都穿著嶄新的粗藍布褲和釘著閃亮銅鈕釦的粗藍布外套。兩人長得十分相像，都是瘦長臉。

　　年輕的那位蓄著黑短髭，年長的蓄著花白短髭，兩人的頭和臉都是水淋淋的，頭髮上滿是水，短髭上掛著水珠，面頰上閃著水光。他們二人默默地站著望向逐漸亮起來的東方，他們一同打了個呵欠，一同看著山邊的亮處。當他

們回身時，看見了我。

「早，」年長的那位說。他臉上表情既不太熱絡也不太冷淡。

「早，先生。」我說。

「早。」青年說。

他們臉上的水漬還沒完全乾，兩人一同來到火爐邊烤手。

姑娘不停手地工作，她把臉避開人，聚精會神地忙著手裡的活。她那梳得平平整整的長髮紮成一束垂在背後。工作時，髮束隨著她的動作甩來甩去。她把幾只馬口鐵杯、幾個鐵盤和幾份刀叉放在一個大箱子上，然後從油鍋裡撈出煎好的鹹肉片，放在一個平底大鐵盤上，捲曲起來沙沙作響的鹹肉片看上去又鬆又脆。她打開生鏽的烤箱，取出一個方形的盤子，盤子上面擺滿用發酵粉發得鬆鬆的大麵包。

熱麵包香氣撲鼻，兩位男人深深地吸了口氣，年輕人低聲說：「耶穌基督！」

年長的人回過頭問我：「你吃過早飯嗎？」

「沒有。」

「那就跟我們一起吃吧！」

這就是邀請了。我同他們一起走到大箱子旁，圍著箱子蹲在地上。青年問道：「你也去摘棉花嗎？」

「沒有。」

「我們已經摘十二天了」。

姑娘從火爐那邊說：「還領到了新衣服呢！」

兩個男人低頭瞧著新衣褲，一同笑了。

姑娘擺上那盤鹹肉、大大的黑麵包、一碗鹹肉湯和一壺咖啡，然後自己也蹲在紙箱旁。嬰兒的頭部暖暖和和地包在背心裡面，還在吮奶，我聽見小嘴吮奶時的唔唔聲。

我們都在自己的盤子上放滿麵包和鹹肉，在麵包上澆上肉汁，在咖啡杯裡放了糖。那位長者把嘴塞滿食物，細細咀嚼了很久才嚥下去，於是他說，「全能的上帝，真好吃！」接著他又塞了滿嘴。

年輕人說：「我們已經吃十二天的好東西了。」

每個人都在狼吞虎嚥，都把再次放在自己盤上的麵包和鹹肉立刻吃得精光，一直吃得每個人都肚裡飽飽的、身上暖暖的。熱咖啡把咽喉燙得火辣，但我們把剩在杯底的咖啡連同渣子一塊兒潑在地上後，又把杯子斟滿。

陽光現在有了色彩，但這種發紅的亮光反而使天空顯得更寒冷。那兩個男人面對東方，晨曦把他們的臉照得閃

閃發亮。我抬頭望了一會兒，看見老者的眼珠裡映著一座山巒的影子和將越過那座山峰的亮光。

兩個男人把杯裡的咖啡渣倒在地上，一同站起身。年長的人說：「該走了！」

年輕的人轉向我，「你要是想要摘棉花，我們可以幫個忙。」

「不了，我還得趕路。謝謝你們的早餐。」

長者擺了擺手。「不用謝，你來我們很高興。」他倆一同走了。東方的天際這時正燃起一片火紅的朝霞，我獨自順著那條鄉間小路繼續向前走去。

事情就是如此，它會令人感到愉快是毫無疑問的，因它本身有一種無與倫比的美，所以每當我每回憶時總有一股暖流襲上心頭。

| 作者簡介 |

約翰‧史坦貝克（John Steinbeck, Jr., 1902-1968），美國作家，曾獲 1962 年諾貝爾文學獎。他熟悉社會底層的人們，許多作品都以他們為主人公，表現了底層人物善良、質樸的品格，創造了「史坦貝克式的英雄」形象。同時，他的小說藝術造詣很高，將寫實風格與幻想風格有機地結合起來，對後來美國文學，尤其是西部文學的發展產生重大的影響。其代表作品有小說《人鼠之間》、《憤怒的葡萄》、《月亮下去了》、《珍珠》、《伊甸之東》、《煩惱的冬天》等。

| 悅讀分享 |

這篇淡淡的文字不以情節取勝，全文素描在大自然美景中，常民如何努力過著淡泊生活，滿足於上天的賜予。

作者先描述獨特的山區晨景，從低到高，由近及遠，從視覺、內心感受等角度描繪，運用比喻或比擬修辭手法，語言韻味十足。

全文先設置懸念，吸引讀者，後面敘述緊隨，介紹人間溫馨美事。主體以雙線推進。「凌晨時分」、「東邊的天空已亮起來」、「陽光現在有了色彩」、「東方的天際

這時正燃起一片火紅的朝霞」爲時間線；「全身不覺震顫了一下」、「身上暖暖的」爲情感線，兩線並行。

　　文中的長者、年輕人和女子都滿足於他們目前的生活，平凡但平安，自給自足也是另一種世間美事。

插曲

〔美國〕 威廉·福克納

　　他們總是在中午時分經過這裡。他穿著一套刷淨的西裝，戴一頂灰色的帽子，從不扣上衣領，也不打領帶；而她則穿一件雅致的花布棉質上衣，戴一頂闊邊太陽帽。我已見過他們好多次了──有時是我正坐在我那位於密西西比州小山裡的簡陋小屋前，或者是我在木頭門廊上晃蕩的時候。

　　他們都至少有六十歲了。他是位盲人，步履蹣跚。她每天帶他到那座大教堂去乞討，說起話像平穩的水流般，並用她那骨節分明的手作手勢。日落時她再帶他回家，直到這日斯普拉特林從陽臺上向她招呼，我才第一次看清她的臉。她看看左看看右，又朝後面看看，都沒發現我們。當斯普拉特林第二次叫她時，她才仰頭向上看。

　　她的臉龐是褐色的，美麗得像個女妖。她沒有牙齒，鼻子和下巴之間可以相互一覽無遺。

「你很忙嗎？」他問道。

「有什麼事？」她歡快地回答。

「我想爲你寫生。」

她沒聽懂，熱切地看著他的臉。

「我想給你畫一幅像。」他解釋道。

「跟我來。」她立刻笑著對與她在一起的那個男人說。他順從而艱難地想在院子圍欄那狹窄的混凝土地上坐下，卻重重地摔倒了。一位過路人幫忙她把他扶起來。我找了一支鉛筆，就興奮地離開斯普拉特林，去幫他找一把椅子。我發現她的身子在哆嗦——不是因爲老邁，而是因爲愉快的虛榮。

「艾綏斯·喬。」她命令道，他坐下了，他那無視力的臉上充滿了只有盲人才了解的那種冷淡的、上帝般的平靜。斯普拉特林帶著寫生的簿子來了。她坐在已就座的那個男人旁邊，把手放在他肩上，模樣就像人們要擺出在結婚紀念日上拍照的姿勢。

她又是一位新娘子了，倚仗著只有死神才能剝奪我們傑出神話的魔力，她又一次穿上了絲織衣裳（或者類似的東西），戴上了首飾、花冠和頭紗，或許還有一束鮮花。她又是一位新娘子了，年輕而且美麗，她那顫抖的手放在

年輕的喬的肩上。她身旁的喬又一次成為讓她崇拜、虛榮、甚至有點害怕的人物了。

一位偶然路過的人覺察到了這一點，停下來看著他們。即使是目盲的喬，透過在他肩上的那隻手，也感到了這一點。她的夢想使他變得年輕而驕傲了。他也揣想著在一八八○年時的男子與他的新娘拍照時的典型姿勢。

「不，不，」斯普拉特林告訴她，「不要那樣。」她的臉色沉了下來。「轉向他，看著他。」他趕緊補充道。

她服從了，但仍然面對著我們。

「把頭也轉過去，看著他。」

「但那樣你就不能看到我的臉了。」她抗議。

「不，我能。還有，我將馬上畫你的臉。」

她微笑著妥協了，臉上皺起數萬條皺紋，像一幅蝕刻畫，她給了他想要的位置。

她立刻變得像個母親似的。她再也不是新娘了。她結婚的時間夠長了，已完全明白喬既不是可愛，也不是可敬畏的；正相反，他是可輕視的。他畢竟只是一個容易犯錯的大孩子（你知道她到現在為止已經生過孩子——可能也丟失了）。但他是她的，外面的世界或許很壞，但她要使它變好，並牢記那些日子。

喬又一次透過放在他肩上的手，領會到她的心境，他再也不是那出眾的男子了。他也記得他來到她跟前尋求安慰，並帶給她嶄新的夢想的那些日子。他的高傲從他身上消失了，在她輕撫下靜靜地坐在那兒，孤立無援，也不需要幫助；處在黑暗中，平靜得彷彿已看到了生與死，發現了他們之間沒什麼重要區別的上帝。斯普拉特林畫完了。

「現在該畫臉了。」她提醒他。這時在她臉上出現了某種東西，那是帶著一種模稜兩可、不可思議的姿態。她正在擺姿勢嗎？我疑惑地看著她。她面對著斯普拉特林，但我相信她的眼睛既沒看他，也沒看他後面的牆。她的眼睛在沉思，而且是她自己的沉思——就好像有人在一個偶像的耳邊低聲說著一個很莊重的笑話。

斯普拉特林畫完了。她的臉又變成一個六十歲婦女的臉，像一個女妖一樣沒有牙齒，興高采烈的。她過來看那幅畫，拿在手上。

「帶錢了嗎？」斯普拉特林問我。

我有十五美分。她沒加評論地把畫還了回來，拿走那些硬幣。

「謝謝你。」她說。她拍了拍她丈夫，他站了起來。「謝謝你搬來了椅子。」她朝我點點頭，並且笑了笑。我

看著他們慢慢地沿著小巷走了，眞想知道我在她的臉上看到了什麼——或者說我看到的一切。我轉向斯普拉特林，「我看看這幅畫吧！」

他正緊盯著那幅畫。「喂！」他說道。我看著畫，接著我清楚了在她臉上我所看到的東西。整個臉龐畫得就像蒙娜麗莎的表情一樣。

啊！女人僅僅擁有一個永恆的年齡！而且那不是年齡。

| 作者簡介 |

威廉·福克納（William Faulkner,1897-1962），美國小說家、詩人和劇作家，美國文學史上最具影響力的作家之一，意識流文學的代表人物。在其四十多年的創作生涯中，共寫了十九部長篇小說、一百二十五篇短篇小說、二十部電影劇本、一部戲劇，以虛構之地「約克納帕塔法」為背景的系列小說是其中的代表。1949年，他因「對當代美國小說做出強有力且藝術上無與倫比的貢獻」而獲得諾貝爾文學獎。

▋悅讀分享▋

　　作者以「我」貫穿情節。先以「我」的視線引出故事主人公，接著「我」為喬搬來椅子，推動故事情節的發展，最後「我」發表感慨引起讀者深思，使故事餘音嫋嫋。「我」對「她」的看法有了轉變，從認為她愛慕虛榮到認識她的堅強、樂觀、善良，有著蒙娜麗莎一樣的迷人的美。

　　在作者筆下，「她」是一個靠乞討為生的老婦，出身卑微，不懂什麼叫「寫生」，老來生活極端貧窮。「她」一方面陶醉於年輕時的美麗和幸福，擁有一個有錢有勢的英俊男人；另一方面為追求金錢、地位的虛榮而窮困潦倒，心靈為之震撼，感到害怕。

　　但她也是一個在逆境中保持著尊嚴和修養的婦人，衣著雅致，沒有勉強討飯，「說起話像平穩的水流般」。「她」堅強樂觀，總是微笑，甚至「興高采烈」；「她」愛美，有著豐富的內心世界；「她」善良淳樸，對殘疾丈夫有著妻子和母親般的深摯情懷。簡練的語句寫出了人物瞬間的心理活動，描寫細膩真切，極具表現力，令人回味和思索。

三等車

〔俄國〕 伊凡·蒲寧

　　誰要是以爲這種等次的火車，任何人想坐就可以坐，那就大錯特錯了！

　　在一九一一年三月錫蘭的可倫坡，我就有過這樣的遭遇。

　　早晨，還剛剛七點多鐘。

　　可是已經火傘高張，燠熱異常，這是一種凝滯的暑氣。每當要下可怕的暴雨前，總是會出現這樣的酷熱；暴雨後，洪水便開始氾濫了。

　　我穿著一身白衣服，戴一頂白色盔形涼帽，坐在一輛漆得亮晶晶、晒得滾燙的、小小的人力車上。在人力車的兩根細細的車杠間，一個皮膚黝黑、高大的泰米爾人，身子微微前傾，邁著均勻的大步，拉著車快速向前奔去、他健美的裸體閃耀著光澤。

　　我這趟去火車站，打算到——好吧，隨便舉個地名吧，

阿努拉達普拉市去。

　　前面已是車站廣場，空蕩蕩的，白得耀眼，而在廣場後面是白得更加耀眼的車站大廈——在熱得發白的天空映襯下，這棟建築物的白幾乎教人害怕了。置身於這片白色建築物和太陽的白焰之中，那個泰米爾人漆黑的身軀和黑亮的頭髮顯得格外刺眼。

　　走進車站大廳，我感到舒服些，因為有柔和的穿堂風。

　　我摘下涼帽，一面揩著汗水淋漓的前額，一面急匆匆地朝月臺入口處走去。

　　列車已停好在月臺上，又高又沉，車頂是白色的，窗簾也是白色的。

　　我趕緊去售票處，一邊走一邊掏出幾枚硬幣，正好夠買一張去阿努拉達普拉的三等車票。一個英國人從售票處向外張望，我把硬幣放在他面前敲著，說：

　　「Third class, Anarad hapura! 三等車，去阿努拉達普拉！」

　　「First class!? 是頭等車嗎？」英國人問。

　　「No, third class!」我喊道。

　　「Yes, first class!」英國人也喊道，遞給了我一張頭等車票。

　　我氣得火冒三丈，粗著喉嚨說了一大串話，內容大致是：

　　「聽著，我討厭這種做法！我想親眼看到這個國家的全部風土人情，這個國家的全部生活和這個國家裡各種各樣的人，直到所謂的『賤民』，你們是喜歡把有色人種算作『賤民』吧！不用說，他們不可能也沒有膽子乘坐頭等車。可是每次只要我想坐三等車，就必須和你們售票員吵起來！我明明講得清清楚楚要坐三等車，你們售票員卻總是利用這些字眼發音近似，打斷我的話，跟我打迷糊：『您是要說頭等車吧？』然後我得大聲喊：『不是，是三等車。』但是售票員總故意聽錯，給我一張頭等車票。當我把車票扔回去，售票員就發火，不肯相信有個白人會這樣下賤、會有這麼瘋狂的念頭想和有色人種坐在一起。然後他就開始鬼叫鬼叫地嚇唬我，說我會從那些土人身上傳染一身的蝨子，而目的只是要教訓我，在這裡沒有一個白人、絕對沒有一個白人會搭三等車，白人乘坐三等車是不被接受、有失體統的、令人憤怒的！」

　　這回，我斬釘截鐵地說：「別嚕唆了，請你立刻給我一張我要買的票！」

　　售票員終於屈服了，我的憤怒使他驚愕，他愣住了片

刻，然後橫下心來，扔給我一張三等車票。

我大獲全勝，得意洋洋地在車廂裡坐好，等待著旅伴，也就是那些有色的「賤民」。

可是，見鬼了！他們不上來，一個也不來！

而月臺上，赤著腳丫的乘客奔跑時發出的乾巴巴的啪啪聲，卻一刻也沒停過，他們都從我的車廂前跑了過去。

他們幹麼都不上來，只是往前跑，跑哪兒去啊？

噢，我恍然大悟──是我的涼帽，白人戴的白涼帽嚇著他們了！

於是我摘了涼帽，縮在角落裡，重新等他們上車，可是仍然白等了一場。

我感到納悶：為什麼到現在仍然沒有人上來呢？他們現在應該看不到我了呀？

我霍地一下從座位上站起來，把頭探出車窗，想弄清楚究竟是怎麼回事。真相立刻弄明白了，而且非常簡單──在我乘坐的這車廂外邊，有用粉筆寫了幾個大字：「另有用途！」我一走進來，車站的人就馬上在外邊寫上了「另有用途！」他們必定是想：唉，你呀，又吵又鬧，堅持不讓，最後給你買到三等車票了，那你就自作自受吧，一個人像白痴似地枯坐吧！

　　列車飛馳著，在這片天堂般的土地上、在這從晴空傾注下的炫目熱浪中飛馳著。車窗外，繁花盛開的密林如飛一般地向後退去，清晰地迴響著車輪的隆隆聲。

　　「椰──子！」每到一站都有人高聲叫賣椰子，伴隨著那淒涼叫賣聲的是赤著腳丫的乘客奔過我車廂時發出的乾巴巴的啪啪聲。

　　在下一站到站時，我像個小偷般悄悄地溜進四等車，車廂裡擠滿了人，有坐的、有站的，膚色全都是黑或褐色的，他們只在胯部包著一塊遮羞布，遮羞布全汗溼了。

| 作者簡介 |

伊凡・蒲寧（Ivan Bunin, 1870-1953），俄國作家。蒲寧的創作生涯始於詩歌，主要成就則是中短篇小說。1903 年以詩集《落葉》獲莫斯科學院的普希金獎。1933 年獲得諾貝爾文學獎。

┃悦讀分享┃

　　小說以「我」一天的所見所聞,以及難堪的遭遇為線索,表達了「我」對有色人種受歧視的憤慨及對同情,同時揭露了殖民制度下的等級差別與種族歧視的罪惡。「我」穿戴一身白,廣場也是一片白,泰米爾人卻是一身漆黑;天氣異常燠熱,車站卻不讓黑人乘坐有白人的三等車廂,對比鮮明,揭示了黑人和白人不平等的待遇。

　　小說中「我」執意要做與自己身分地位不相符的事情,「我」的形象有下列幾個特點——第一,富有同情心:對有色人種被歧視的現狀表現出憤慨,對他們給予了莫大的同情;第二,執著的鬥爭精神:對於白人售票員的行為,據理力爭,直到鬥爭勝利;第三,追求人與人的平等:希望與有色人種身處同一車廂。

兄弟

〔挪威〕　比昂斯滕・比昂松

校長的名字叫巴德，他有一個弟弟叫安德斯。他們相互關心，一起應徵入伍，住在同一個城市裡，一起參戰，在同一個分隊服役，而且一起升到伍長這一級。當他們退伍返回家時，人們都說他們是最勇敢的人。

不久，他們的父親死了，留下的許多遺產都很難平分，他們都覺得不應讓這樣的事發生在他們之間，便把遺產拿來拍賣，每個人可以買他所要的，然後再去分拍賣得的錢。於是他們這樣做了。

但他們的父親有一只遠近馳名的大金錶，因為它是在這地區的人們所見過的唯一一只金錶。當這個金錶拿出來拍賣時，許多有錢人都要買，而當兩弟兄開始喊價時，其他人全住口了。巴德希望安德斯能讓給他，但安德斯也這樣期望。他們交互喊價，每一次都企圖使對方讓步，在他們喊價中，他們都不高興起來了。當錶喊到二十塊錢時，

巴德開始覺得他弟弟真是不講情誼，當他喊到將近三十元而安德斯還不讓步時，巴德覺得安德斯都忘了自己從前對他有多好，畢竟他是大哥。喊價超出三十了，安德斯仍然競買著。於是巴德一下把價錢提高到四十元，而且不再去看他弟弟。拍賣室裡變得很安靜，只有拍賣官在迅速的複誦喊價。安德斯想，要是巴德能出四十元，他當然也能；要是巴德不願把這個錶讓給他，他就再喊高價來得到它。這使巴德更不高興了，他低聲的喊出五十元。安德斯心想，現場有那麼多人，他決不能讓哥哥在眾人面前嘲弄他，於是再喊出更高的價錢。巴德大聲笑了。

「一百元，連同我弟兄的感情一起算上！」他話一說完，就走出屋子。

過一會兒後，當他把剛才標到的東西放到馬背上時，有個人出來找他。

「這錶是你的了。安德斯放棄。」

聽見這話，一種懊悔的感覺襲上心頭，他沒想著錶，卻想著他弟弟。馬鞍裝上了，但他手放在馬上，有點茫然，一時不知要往哪兒去。許多人走了出來，安德斯也在其間，當他看見哥哥時，馬已準備要走了，他卻毫不知道巴德的心裡已經發生改變了。

「感謝這只金錶，巴德！」他向他叫道。「你將再也不會看到你弟弟走在你後面的日子了！」

「你將再也不會看到我來敲你的門！」巴德回說，他的臉是慘白的，他跨上馬背去。

從這天起，他們再以沒有回到他們與父親曾在一起住過的家裡去。

不久後，安德斯同一個佃農的女兒結婚了，他沒有請巴德參加婚禮。巴德也沒有到教堂去。婚後的第一年，安德斯失去了他唯一的那頭牛。牠是一天早晨被發現死在屋子的北面，雖然繫著繩子，卻沒人能解釋牠是怎麼死的。不幸的事接二連三，他的境遇更糟了，但最大的打擊是在一個嚴冬的夜晚，他的草棚被燒毀了。沒人知道火是怎麼引起的。

「這是某一個希望我倒楣的人幹的！」安德斯說。他澈夜痛哭。他變成一個窮人了，同時也失去工作的動力了。

在失火後的那天晚上，巴德在他弟弟的家裡出現了。安德斯躺在床上，但一見巴德進門來，他立刻跳起來。

「你來幹什麼？」他問，兩眼狠狠的盯著他哥哥。

巴德頓了一下，說：

「我來幫助你，安德斯！你的境遇不好。」

「我遇到的並不比你所希望的更壞！滾！不然我沒把握我能控制住自己。」

「你弄錯了，安德斯！我很抱歉……」

「滾，巴德！不然上帝要慈悲我們了。」

巴德退後了一步。

「假如你要金錶，」他的聲音顫抖著，「你可以拿去。」

「滾，巴德！」他的弟弟再次大吼。巴德見這情景不宜多留，就離開了。

當時巴德是這樣的，當他聽說弟弟發生不幸時，他的心便轉變了，但自尊又把他拉回去。他迫切的感覺到要去教堂，在裡面他做了許多決定，但又缺乏把它們實行的力量。他常常走到可以看得見安德斯屋子的地方去，但不是有人出來，就是有外人在那裡，或者，安德斯正在外邊砍柴——總是有事阻住了他。

但在深冬的一個週日，巴德又到教堂去，那天安德斯也去了。他變得又瘦又蒼白，他穿著他們弟兄還在一起時所穿的衣服，只是已經破舊了。雖然安德斯在做禮拜時愣愣地看著牧師，但對巴德來說，他看起來溫柔、和善；同時他記起了往日的童年時光，那時安德斯是他多好的兄弟

啊！這天巴德參加了聖餐禮，他向上帝起誓，他一定要努力與弟弟和好。這決定在他飲聖酒時貫穿了他的靈魂，當他站起來時，他衝動的走去安德斯身邊，但附近有其他人，而且安德斯也沒有抬起頭來。在做完禮拜後，仍有別的事阻住他——附近人太多；安德斯的妻子也在場，他們是互不認識的。他決定到安德斯家裡去找他，與他安靜的、好好的談談話。

夜裡的時候，他去了。他逕直走到門口，隨即停住了，因為他聽見自己的名字被提起，這是他弟弟的妻子說的。

「他今天早上也去做禮拜，」她說，「我相信他是在想你。」

「不，他不是在想我，」安德斯回答說。「我知道他，他只想他自己。」

好一會兒沒說什麼話，巴德站著冒汗了，雖然這是一個寒冷的夜晚，他弟弟的妻子在鍋爐前忙著，不時還有孩子的哭聲，安德斯哄著他。最後，他弟弟的妻子又說話了。

「我相信你們兩個都在想著對方，只是你們不承認。」

「讓我們說說別的吧！」安德斯回答。

一會兒後他起身，走到外頭。巴德躲到柴房裡，但安德斯接著也來了，他要來拿一些柴。巴德從角落裡可以清

楚地看見他，他已經脫去破舊的週日外出服，而穿上與巴德一樣的衣服。這衣服他們曾相互答應過不再穿，要把它當作傳家寶傳給他們的孩子。如今安德斯這身衣服不但已經穿破了，而且還有補丁，他結實強壯的身體彷彿是被破布包著。這時，巴德可以聽見在他自己口袋裡金錶的滴答聲。安德斯走向木柴，但他沒立刻彎下腰去拿，卻靠到一堆柴上，抬眼看著那繁星閃耀的天空。接著他沉重地嘆口氣，喃喃地對自己說：「好、好、好！哦，天！哦，天！」

　　這一生，巴德從沒忘記這幾個字。他想走向前去，但安德斯咳嗽了，而且越咳越厲害。於是他退後了。安德斯抱起木柴，在他走出去時，有些枝柴還擦到巴德的臉。

　　他呆站在那兒整整十多分鐘，雖沒有冷風吹來，但極度的感情重壓，使他不停的顫抖。隨後他走出去。他坦承現在他沒有勇氣進去了；因此他想到別的辦法。從一個灰桶裡，這灰桶是放在他剛才離開的那個角落裡的，他撿了幾塊木炭，又找了一小段松枝，走到茅屋裡去，關上門，擦燃了一根火柴。當他點燃這根小枝後，他找到了安德斯清晨出來時用來掛照明燈的木釘。巴德把他的金錶掛在那木釘上，吹熄了火，走了。他感到心裡很輕鬆，他在雪地上像個青年似的奔跑起來。

　　第二天，他聽說那茅屋在夜裡燒了。推測火是從他掛錶時所用的那小枝所引起的。

　　這消息重壓著巴德，他成天關在屋裡，彷彿他得了病似的，拿出他的讚美詩一再地唱，屋裡的人都覺得他有些不對勁了。晚上時他出門去。月光很明亮，他到弟弟的地方去，掘著那餘火後的灰燼，終於找到一小堆融化了的金子——那錶所遺下的。

　　手裡拿著這個他曾經去找弟弟，百般苦惱地想解釋一切，渴望換回往日和氣相處的金錶殘餘，然而卻發生什麼樣的結果！

　　一個小女孩見他在灰燼裡翻攪；幾個男子在他們去參加一個舞會的途中，見他在出事的週日夜晚到他弟弟那裡去；同時，與他同住的人說到在週一那天他的舉動有多奇怪。大家都知道他同他的弟弟是不合的，這些細節向官方報上去，於是法庭要辦案了。雖然沒有一個人能提出絲毫他有罪的證據，然而猜疑是包圍著他的。從此以後他更不能去接近他的弟弟了。

　　在茅屋燒毀後，安德斯想到了巴德，但他什麼都沒有說。當後一天晚上他看見巴德慘白的臉色時，他可以預想到巴德的心裡是充滿悔恨的，但對自己的親弟弟做出那麼

可怕的舉動，是不能原諒的。此後，他聽見人們說，看見巴德在失火那天晚上到他這裡來，雖然在審問時沒什麼幫助，但他相信哥哥正是放火的人。

在法庭審問時他們碰面了，巴德穿著體面，安德斯則穿著他的破衣。巴德看著自己的弟弟；而安德斯也感覺到，在巴德心裡最深處有股苦痛的祈求，從他哀悽的眼裡已說明了一切。他不要我說什麼，安德斯想；當他被問到對哥哥的行為有什麼懷疑時，他堅決的大聲說：「沒有！」

這一天後，安德斯日日酗酒，不久他走上歧途了。然而，更糟的是巴德，雖然他不喝酒，但他變得幾乎使人認不出來。

一天深夜，一個貧婦來到巴德住的小屋，請他同她一道走。巴德認出她了，她是他弟弟的妻子。巴德立刻明白她的來意，臉色霎時如死一般的慘白，他穿起衣服，沒有說一句話便跟著她走。安德斯的屋裡透出些微昏暗的光，一會兒閃著，一會兒消逝，他們瞧著這亮光走，因為在雪地裡是沒有路的。當巴德再度站在門口時，他聞到一股幾乎使他昏厥的怪味。他們走進去。一個小孩坐著，俯在爐邊吃著木炭，他的臉全是黑的，但他抬眼看時卻笑了，並且露出潔白的牙齒。這是他弟弟的孩子。

床上鋪著各式各樣的衣服，安德斯面容慘白、憔悴地躺著，他的前額突出而光滑，一雙下陷的眼睛看著他哥哥。巴德的雙膝發抖了。他跌坐在床腳，無法抑制地啜泣著。病人愣愣看著他，沒有作聲，最後他要妻子出去，但巴德示意要她留下來。隨後兩弟兄開始說起話來。他們解釋一切，從他們拍賣金錶那日說起，直到他們重逢相聚的這天為止。巴德說完，拿出那塊金子來，這塊金子他常帶在身邊，它照亮了他們的談話，這些年來他們從沒有一天真正快樂過。

安德斯說得不多，因為他沒有氣力了，巴德一直在床邊守著他。

「現在我全好了，」一天早上，安德斯醒來時說，「哥哥，從此以後我們要永遠生活在一起，像從前一樣，永遠不再分離了。」

但在這一天，他死了。

巴德把他弟弟的寡妻以及孩子都帶回家，盡心地照顧他們。而兩兄弟在床邊所說的話，已穿過牆壁與長夜，成為村人所熟知的事。巴德受到人們的尊敬。大家尊敬他，因為他是一個經過極大痛苦，而又重新找到寧靜的人；也像是一個離開許久又回來的人。他們的友誼使巴德變得更

堅強了。他變成一個極好的人，並且像他說的，希望能盡
點力，這老伍長變成了校長。他所施給孩子的，從開始到
最後，是愛，並且自己身體力行，直到孩子們把他當作一
個同伴或是父親般地愛戴他。

| 作者簡介 |

比昂斯滕・比昂松（Bjørnstjerne Bjørnson, 1832-1910）挪
威劇作家、詩人、小說家。主要作品有劇作《皇帝》、《挑
戰的手套》，詩集《詩與歌》等。1903 年作品《挑戰的手
套》獲諾貝爾文學獎，獲獎理由是：「他以詩人鮮活的靈
感和難得的赤子之心，把作品寫得雍容、華麗而又繽紛。」

▍悅讀分享▍

　　比昂松在創作上重視全知觀點，短篇小說也是一樣，〈鷹巢〉及本書選錄的〈父親〉是用全知觀點，這篇〈兄弟〉也不例外。作者妙用全知觀點，可以充分代言，仔細勾勒主配角的言行，讓讀者完全融入故事進行中的時空背景。

　　文中巴德和安德斯這對好兄弟反目成仇的關鍵，在於處理父親遺物大金錶的拍賣。如果私下商討，可能容易解決，在眾人面前公開拍賣，兩人都認為對方應該相讓。他們的爭執涉及面子問題，雙方弄僵了，意氣之爭顯然事關面子問題，同時拍賣會的氛圍也讓雙方下不了臺，只好硬著頭皮，賭氣蠻幹，最終兄弟失和，無法收場，釀成悲劇。

　　如果兩人不再來往，但各有良好的發展，事情也可能轉好。但安德斯霉運當頭，事事不如意；巴德有意示好，卻言行不太一致，又被誤會，上了法庭，安德斯看出他心中的憂慮，幫了忙，免除了巴德的牢獄之災。安德斯臨終時，巴德趕到，兩人盡釋前嫌，巴德再度贏得鄉人的敬愛。

　　作者筆法細膩，文中不時展露宗教情懷，救贖意味相當濃厚。借宗教的力量，作者虔誠的詮釋了「兄友弟恭」的積極正面意義。

笛夢

〔德國〕　赫曼‧赫塞

「過來，」爸爸說，一邊遞給我一支骨製的小笛子，「拿去，你到了遠方，向人們吹奏的時候，不要忘記老父。現在正是你見見世面、學習本領的大好時光。我請人幫你做了這支笛子，因為你不會做其他事，只會唱歌。但願你能吹奏出動聽悅耳的歌曲，否則，上帝賜予你的這個禮物就可惜了。」

我那親愛的父親當過音樂老師，對音樂略知一二；他覺得只要我能吹響這個可愛的笛子，那麼我凡事就會稱心如意了。我才不相信他的說教呢！我謝絕了笛子，然後就告別家園了。

我們那個山谷對我來說，只有到村子的大磨坊那一帶是熟悉的，而山谷的後面才是真正的世界，也是我一心嚮往的地方。一隻飛得疲累的蜜蜂飛到我的衣袖上停住了，我帶著牠一起走。我走了好長一段路後，便想像個郵差似

的小憩一會兒，同時也好對故鄉做個告別……

　　路途上，有樹林和草地陪我同行，河裡的浪花在嘩啦嘩啦地奔騰；我放眼四望，這裡的景致與家鄉有些不同。樹木、花卉、麥穗和榛樹頻頻向我致意，我對著它們放聲歌唱，它們也彷彿聽懂我的歌聲，此時此刻簡直就像置身家裡一樣；那蜜蜂也重新振作起來，朝我肩頭上慢慢蠕動，一會兒又忽地飛起，在我頭上悠閒地盤旋，舞動著長長的翅翼，發出嗡嗡嚶嚶的叫聲，然後掉轉頭向家鄉的方向飛去。

　　正在這時，從樹林裡走出一位年輕的姑娘，她胳膊上挽著一個竹籃，金色的頭髮上戴著一頂寬簷草帽。

　　「你好，」我對她說道，「你上哪兒去？」

　　「我去給收莊稼的人送飯，」她說著已經來到我的跟前，「你上哪兒去，怎麼今天還往外跑？」

　　「我要去見見世面，爸爸讓我出來的。他要我向大家推廣笛子，但我自個兒吹得還不怎麼好，我首先應該學點東西。」

　　「哦，是這樣，明白了。那麼你究竟會什麼呢？有些東西是容易學的。」

　　「也沒有什麼特別的東西。我會唱歌。」

「會唱什麼歌？」

「各種各樣的歌都會，譬如會唱早晨和晚上，會唱樹木和禽獸，還會唱花兒。現在我就能唱一首關於一個美麗的姑娘從樹林裡出來，去為收割莊稼的人送飯的歌。」

「是嗎？那麼你就唱一首吧！」

「好的，不過你得先告訴我，你叫什麼名字？」

「布麗姬特。」

接著我便唱起戴著草帽的美麗布麗姬特的歌，唱到她籃裡放著的東西；花兒怎麼伴隨著她；花園裡馨香的風怎樣跟隨她；以及她所有的一切。她全神貫注地聽著，並稱讚唱得好。唱完以後，我對她說我餓了，她便揭開籃蓋，取出一塊麵包。我正想狼吞虎嚥地吃下去，好趕緊上路，她卻說：「別吃得太急，要一口一口地吃。」於是我們便在草地上坐下，我吃我的麵包，她用一對晒成古銅色的手抱著膝蓋，目不轉睛地看著我。

「再給我唱一首歌好嗎？」我吃完後她問道。

「我很願意。唱個什麼歌好呢？」

「就唱一首悲哀的歌曲，唱一個失去了財寶的女孩。」

「不，這我不會。這種歌我沒聽過，再說也不應該唱悲哀的歌。我永遠只唱令人高興、親切可愛的歌曲，這是

父親的教導。我爲你唱一首布穀鳥或者花蝴蝶的歌吧！」

「難道你連愛情的歌也不知道嗎？」她問道。

「愛情方面的歌？會的，這是最美的歌。」

於是我便唱起陽光愛罌粟花的歌，唱到陽光同它們盡興玩耍，盡情歡樂。唱完了又唱小麻雀等待老麻雀，老麻雀飛來飛去地忙個不停。接著又唱一個姑娘，生著一對褐色的眼睛，來了一個小夥子，小夥子唱歌，姑娘給她吃麵包；可是他對麵包已經索然無味，想得到那少女的親吻，還想一個勁兒地看著她那一對褐色的眼睛，於是他不停地歌唱，唱啊，唱啊，一直唱到她開始微笑，唱到她把嘴貼到他的嘴上。

這時候，布麗姬特俯身朝我湊來，我的嘴同她的嘴碰到一起了，她垂下眼瞼，緊接著又睜大了眼睛，我看著那兩顆離我十分近的、金褐色的星星，裡面有我的影子和一對草地上的野花。

「世界多美麗啊，」我說，「父親的話對極了。不過我現在要分擔你的活兒，我們一起到你的伙伴那兒去吧！」

我提起她的籃子，兩人往前走去，她的腳步伴著我的腳步，發出嚓嚓嚓的聲響，她興高采烈，我也歡歡喜喜。

樹木沙沙作響，山上襲來一股涼意，我還從來沒那麼開心
過。我興致勃勃地唱了好長一段時間，直唱到音調高得不
能再高；我唱的歌兒包羅萬象，從山谷到高山，從小草到
樹葉，從河流到叢林，連綿不斷。

　　這時，我不由得想到：如果我懂得世界上成千上萬的
歌，並會吟唱，懂得種種的花草、人和雲等等，還有寬葉
子的樹林和松樹林，以及所有的飛禽走獸，再加上遠方的
大海和高山，以及所有的星星和月亮，如果這些歌都能為
我接受和歌唱，那麼我便成了最受歡迎的神了，每一首新
歌曲也將成了天上的星星。

　　可是，我剛才所想像的，在我腦子裡倏地又一下子變
得既神祕又奇特了，這是因為我過去還從沒有想過這一
切。這時候，布麗姬特站住了，她還緊緊握著拎在我手上
的竹籃把。

　　「我要上山了，」她說，「我們有好多人都在那上邊
的地裡做活兒。你呢，去哪兒？要和我一起去嗎？」

　　「不了，我不能去。我要走向世界。非常感謝你的麵
包，布麗姬特，還有你的親吻。我會想念你的。」

　　她接過籃子，在躬身提籃子的時候，兩顆充滿黑影子
的眸子又朝我瞥了一下，接著她的嘴唇又貼在我的嘴唇上

了。她的親吻是那麼的美好和可愛，以至於我在道別的時候，心裡不由得生出一種悲淒的感覺。我慌忙說了聲「再見」後，趕緊朝山下的一條路跑去。

姑娘慢慢地朝山上走去，走到樹叢邊的一棵凋落的山毛櫸樹下，停住了腳步。她朝下望著，尋找我的影子。當我向她揮舞著帽子示意時，她又朝我點了點頭，然後便像一個影子似的悄悄地消失在山毛櫸的樹蔭裡了。

我一邊埋頭趕路，一邊思考著什麼，直到拐過這條山路。

這時，眼前出現了一個磨坊，磨坊旁的河上停泊著一艘小船，船上坐著一位男人，他獨自一人，像是在特意等我似的。我脫帽向他道安，剛一上船走到他的跟前，那船便飛也似的離開了河岸，朝下游漂去。我坐在船中間，那男人坐在後頭的舵旁。當我問他開往什麼地方時，他抬起那對黯淡的灰眼睛，朝我瞟了一眼。

「悉聽尊便，」他悶聲地說，「到河的下游、去海裡，或者上都市，你只管吩咐，這都歸我管。」

「這些都歸你管？那麼你是國王？」

「也許是吧，」他說，「如果我沒有看錯的話，你是一位詩人吧？如果是這樣，那麼唱一首行船的歌來聽聽。」

　　我竭力控制著自己，因爲這位嚴肅的灰眼男人使我生畏。我們的小船朝前疾駛，河水無聲無息地朝後逝去。我欣然唱起歌來，歌詞是有一條小河，載著許多小船，河水映著太陽，河岸兩邊人聲鼎沸，旅遊者絡繹不絕，喜氣洋洋。

　　那男人表情木然，我唱完歌時，他仍舊打著盹兒，一點兒聲音都沒有，活像一個睡著的人。過了一會兒，他竟出乎我意料地唱起歌來，而且也是唱小河，唱河水流過山谷。他的歌聲優美動聽，比我洪亮有力，不過聽來完全是另一種調兒。

　　小河在他的歌聲裡成了不羈的破壞者，它從山裡來，凶猛而狂暴；它不屈服磨坊的碾磨，它要摧毀橋梁，仇視划行在它頭上的每艘船隻，而它那洶湧的波濤和綿綿的綠色水藻裡卻自得地飄蕩著溺死者的白色身軀。

　　我討厭這些歌詞，儘管音樂是那麼的動聽和微妙，使我神魂顛倒、心緒不定。如果說這個嗓音低沉的老歌手唱的詞都是對的，那麼我所唱的就只是愚者的荒謬之詞和可笑的兒戲了。照他的說法，那麼世界並不如上帝的心般的善良和光明，而是模糊和充滿苦難的，是邪惡和黑暗的；如果樹木嘩嘩作響，那麼也不是因爲歡樂，而是出於痛苦。

　　船一直往前駛去。我們投下的身影越來越長，我唱的歌聽來也愈加黯然失色，嗓音也愈加輕弱。我每唱一首歌，這個萍水相逢的歌手都要回敬我一首，他把世界唱得更加神祕，更加可悲，不由得使我也變得更加拘束和憂心忡忡起來。

　　我有點掃興，後悔沒有留在岸上，待在花叢前和美麗的布麗姬特跟前。我只好借助變幻著的暮色聊以自慰，不禁又引吭高歌起來，重又唱起布麗姬特和她的親吻。歌聲穿透紅紅的晚霞傳向四方。

　　這時，天色暗了，我也停止了歌唱。而坐在舵旁的男人卻又唱了起來，他也是唱愛情和愛情的樂趣，唱褐色的眼睛和藍色的眼睛，唱紅潤的嘴脣；他滿懷悲傷地唱著這漆黑一片的河流，聽來卻是那麼動聽和易懂；然而他所唱的愛情歌，仍是那麼的令人憂鬱不安，且顯得異常神祕，彷彿人們都是在痛苦和熱戀中迷亂而又悲傷地探索著愛情，同時又在互相折磨和傷害。

　　我側耳傾聽，聽得極度疲倦和憂傷，真是度時如年，簡直是困在悲戚和痛苦中。從這個陌生人身上，我彷彿覺得有一絲哀傷而又令人恐懼的寒氣不斷地朝我襲來，潛入我的心裡。

　　「這麼說，至高無上和盡善盡美的，不是生，而是死？」最後我激動地叫道，「真是這樣的話，那麼悲觀的國王，我請求你唱一首關於死亡的歌！」

　　這坐在舵旁的男人果真唱起死亡之歌，他唱得好極了，比我先前聽到的還要好。可是在他的歌裡，死也不是盡善盡美、至高無上的事，在它那兒同樣也得不到慰藉；死就是生，生就是死，它們交織在一起，就像熱戀中的愛情糾葛一樣，永恆不變。死亡是世界的歸宿和趨勢，那兒將閃現解脫一切痛苦的光亮；那兒還將投下遮著一切喜悅和美好的陰影，黑暗將籠罩一切，但是從這黑暗中也會閃爍出令人喜悅的深沉而又絢麗的火花，愛情之火就在深夜裡燃燒。

　　我仔細聽著，心情變得格外平靜。在我來說，缺乏意志，還不如眼前這位陌生的男人。他向我投來意味深長的一瞥，目光中似乎含有一種悲切的善意，灰色眼睛裡充滿著痛苦和對世界美景的憧憬。他朝我粲然一笑，這時我鼓足勇氣，迫不及待地請求：「噢，我們回去吧，先生！夜裡在這種地方怪可怕的，我想回去了，去找布麗姬特，如果她還在那兒的話，不然就回我父親那裡去。」

　　那人站起身子，朝茫茫的夜色裡指了一下，手中的燈

籠熠熠閃光，照在他那瘦削和嚴峻的臉上。「倒退是沒有出路的，」他既嚴肅又親切地說，「既要開創世界，就必須勇往直前。從姑娘那兒你已經得到獎賞和讚揚，因此你離她越遠，情況就會越好，越可觀。我要把舵交給你，你願意上哪兒，都悉聽尊便！」

我無可奈何，但也確實覺得他說的是對的。我滿懷思鄉之情，思念著布麗姬特和故鄉，思念著剛才還發生的事情和燈光，思念著我所經歷過的和失去的一切。可是眼下我卻要接替這陌生人的位子掌舵，這就是我要做的事。

我默默地站起身來，穿過船身朝舵位走去；那男人也一聲不吭地朝我走來。當我倆擦肩而過的時候，他兩眼緊緊盯著我的臉龐，同時將燈籠遞給了我。

然而，當我在舵旁坐定，並將燈籠擱置一旁後，船上只剩下我一人了，那個男人悄然消失了，我不禁毛骨悚然，但是我並不感到驚訝，這是我意料到的。我覺得，這天似乎是我出外遊歷的最好的日子，布麗姬特、我那老父以及故鄉只不過是一場逝去的夢，我彷彿已經航行復航行了。

我知道我已經不能呼喚那個男人了。真理就像寒流一樣沁入我的肌膚，使我慢慢地得以領會。

為證實我所意料到的事情，我把臉探出船外，朝水面

躬下身去。我舉起燈籠一照，在漆黑平坦的水面上，一張帶有一對灰眼睛、瘦削又嚴峻的臉正對著我，這是一張年邁、飽經世故的臉，再定睛一看，這臉原來就是我！

　　既然無退路可走，那麼就讓我沿著這條神祕的河流，穿過黑夜一直往前駛去吧！

| 作者簡介 |

赫曼・赫塞（Hermann Hesse, 1877-1962），德裔瑞士作家。1946 年「由於他富於靈感的作品具有遒勁的氣勢和洞察力，為崇高的人道主義理想和高尚風格提供一個範例」，獲諾貝爾文學獎。

赫塞是小說家，也是詩人和散文家，早期作品帶有浪漫主義色彩。他的創作一般不注重外部事件，常常進入人物的潛意識中，用意識流、夢幻等手法展示人物的深層心理，把現實主義和現代主義融合在一起。在作品中，他還常塑造兩個性格截然不同、又互補的形象來表現同一人物的兩極，以便更好地揭示人物在內在雙重性的對立和互補中達到和諧的統一。作品富於哲理性。他畢生致力於溝通東西方精神，並在東西方的宗教、哲學中去尋覓理性世界。

悅讀分享

這是一篇象徵主義小說，以主角一次短短的夢中旅途象徵漫漫人生路。在開篇曾寫到主人公父親贈予他一隻笛子，說「只要我能吹響這個可愛的笛子，那麼我凡事就會稱心如意了。」但「我」謝絕了。兒子拒絕父親為自己安排好的理想前程，而要自己去開創天下（有人說這是赫塞自己的人生寫照）。

小說透過整體性象徵表達出深刻的哲理內涵。整體性象徵包括意象、人物、情節和環境。意象象徵如貫穿全文的歌聲，即為心聲，是生活體驗和思想情感的載體。人物象徵如人物形象的對比，「我」和灰眼男人，是兩種截然不同生命狀態和個體思想的代言人。情節象徵如這段旅程，不僅是情感變化之旅、思想變化之旅，也是一個人由幼稚走向成熟的必經之旅。環境象徵主要是營造出富有想像力的藝術空間。整體性象徵使小說更為生動和引人入勝，深入淺出地揭示深邃的思想和哲理。

少年的旅程就是人生之旅，少年從布麗姬特那兒領略了世界美好的一面，而灰眼男人則讓他了解到人生中無法避免的嚴峻的真實，人必須要告別單純快樂的世界，走向豐富立體、富有質感的人生，獨自直面人生中的艱難與困

苦,這樣生命才能在不斷的追尋中變得豐富和成熟。誠如小說最後所說的:「既然無退路可走,那麼就讓我沿著這條神祕的河流,穿過黑夜一直往前駛去吧!」

這篇充滿詩情和寓意的小說告訴讀者,只有直面生命中無法迴避的冷峻真實,去直面生命中無法迴避的嚴酷沉重,這樣生命才能在不斷的追尋中豐富和成熟。

二草原

〔波蘭〕　亨利克・顯克微奇

　　有兩片土地並排著，那是兩片極大的草原，中間只有一條明麗的小河將他們分開。這河的兩邊，在某一處漸漸的往外分開，形成一個淺的渡口——一個盛著寧靜、清澈的河流。

　　「人們可以看見在清澈河水下金黃色的河底，從那裡長出荷花的梗，在光潔的水面上開花；有紅色的蝴蝶繞著紅白的花朵飛舞；在水邊的棕櫚樹和明晰的空氣中，鳥類的鳴叫聲有如銀鈴般。這是從這邊到那邊——從「生之原」往「死之原」的渡口。這兩地都是那至高全能的梵天所創造，祂命令善的毗溼奴主宰「生之國」，智的溼縛主宰「死之國」。祂又說道，「你們各自隨意去做。」

　　在屬於毗溼奴的國內，生命沸湧。日升日落，晝夜更替，海水潮起潮落；天上有白雲飄過，滿含雨霧；地上草木茂盛，有人類、獸群和鳥禽在活動。那善神創造了愛，使所有生物能夠繁衍子孫；祂又命令愛，凡是呼叫祂便帶

來幸福。然後，梵天對毗溼奴說：「在地上你不能想出比這更好的了，天上又已經由我造成，你可以暫且休息，讓那所創造的，便是你所稱為人的，獨自去紡生命的紗吧！」

毗溼奴依了梵天的命令，於是人們開始照管自己。從他們善的思想裡，生出了喜悅；從惡的思想裡，又生出了悲哀。他們很驚異的看到這生活並不是無間的喜宴，同時梵天所說的生命之紗，也有兩個紡織女在織著——一個有微笑的面容，一個有淚水在她的眼底。人們走到毗溼奴的座前，傾訴道：「主啊，悲哀裡的生活是不幸啊！」

他答道：「讓愛來安慰你們。」

他們聽了這話，便安靜了，一齊走去。愛果然將悲哀趕走，因為將它和愛所給予的幸福比較起來，便覺得很輕了，而愛又同時是生命的促生者。雖然毗溼奴的國土非常大，但人類所需要的草木、蜂蜜、果實都缺乏了，於是聰明的人們動手去伐木，他們開闢林地、耕種田野、播種收穫。這樣工作便來到世間。不久，大家決定必須要分工了，工作不但成為生活的基本，也是生活的本身。但是工作生勞苦，勞苦生困倦。人們又來到毗溼奴的座前，伸出兩手說道：「主啊，勞苦使我們衰弱，疲倦留佇在我們的筋骨裡了；我們祈求休息，但是生命要求我們不停地工作。」

毗溼奴答道，「大梵天不許我改變生活，但我可以創造一點東西，作為生活的間歇，那便是休息。」

於是祂創造了睡眠。人們喜悅地接受了這新的賜品，大家都說從神的手裡接收的一切事物中，這是最大的恩惠了。在睡眠裡，他們忘記了自身的勞苦與悲傷；在睡眠裡，那困倦的人恢復了氣力；那睡眠擦乾了他們的眼淚，正如慈母一般，又用忘卻的雲圍繞著睡者的頭。人們讚美睡眠，說道：「感恩你，因為你比醒時的生活更好。」

人們漸漸不滿足了，責怪睡眠不肯永久的停留，害他們睡醒之後又得工作，帶來新的勞苦與疲倦。這憂煩的思想迫著他們，於是他們第三次走到毗溼奴那裡說道：「主啊，祢賜給我們大善，極大而且不可言說，但是還未完全。請祢使那睡眠成為永久的。」

毗溼奴皺了皺眉頭，因為他們要的太多而發怒了，於是答道：「這個我不能給你們，但在河的那邊，你們可以尋到現在所要的東西。」

人們依了神的話，一齊走向河邊。他們望向對岸的情景，在那安靜、清澈、點綴著花朵的水面之後，是一片「死之原」，溼縛的國土。那裡沒有日出日落，沒有晝夜。只有白百合色的單調的光，融浸著整個空間。沒有一物投出

陰影，因為這光穿透一切，彷彿它已充滿了宇宙。這土地也並非荒蕪不毛，凡目力所及之處，可以看到山谷連綿、草木蓊鬱，樹上纏著常春藤，從岩石上垂墜著葡萄的枝蔓。但是岩石和樹幹幾乎全是透明，彷彿是用密集的光所造的。常春藤的葉有一種微妙清明的光輝，有如朝霞，透著一股神異、安靜、清淨，似乎在睡眠裡做著幸福而無盡的好夢。在清新的空氣中，沒有一點微風，花不動，葉不顫。人們走向河邊來，本來大聲說著話，見了那白百合色的靜止空間，忽然都沉默了。過了一刻，他們低聲說道：「怎樣的寂靜與光明啊！」

「是啊，安靜與永久的睡眠……」那最困倦的人說道：「讓我們去尋找永久的安眠吧！」

於是他們便走進水裡去。藍色的深水在他們面前自然分開，使過渡更為容易。留在岸上的人，忽然覺得惋惜，便叫喚他們，但沒有一個人回過頭來，大家都快活的前行，被那神異的土地的奇美所牽引。站在生之岸的人們，看見行去的人們身體變成光明透澈，漸漸的輕了，有光輝了，彷彿與充滿「死之原」的光相合為一了。渡過以後，他們便睡在那兒的花草間，或在岩石旁。他們的眼睛合著，但他們的面貌是不可言說的安靜而幸福。在「生之原」這裡，

即便是愛也不能給與這樣的幸福。留在「生之原」的人們，見了這情形，便相互說道：「看起來溼縛的國度更美好⋯⋯」於是他們開始渡到那邊去，人越來越多。老人、少年、夫婦、領著小孩的母親，都走過去，像莊嚴的行列一般；之後幾千幾百萬的人，互相推擠著，要過那沉默的渡口，直到「生之原」幾乎全走空了。這時毗溼奴──他的職務是看守生命──記起當初是他自己將這辦法告訴人們的，不禁顫抖起來，由於不知如何是好，便走到最高的梵天那裡。祂說道：「造物主啊，請你救助生命。你將『死之國』造得那樣美麗、光明又幸福，以致所有的人都捨棄我的國土而去了。」

梵天問道：「沒有一個人留在你那裡嗎？」

「只有一個少年和一個少女，他們是那麼彼此愛戀，所以情願失卻那永久的安眠，也不想合上雙眼使彼此永不能相見。」

「那麼你要求什麼呢？」

「請你將『死之國』造得更不美麗，更不幸福，否則恐怕那一對人兒也要捨我而去了──一旦他們相愛的春天結束以後。」

梵天想了一會兒，說：「不，我不去減少『死之國』

的美麗與幸福,但我將另造一點東西去救助生命。自此以後,人們當被規定渡到那邊去,但他們將不再能自主的決定。」

　　他說完這話,便用黑暗織了一張厚實的幕,又造了兩個物——痛苦與害怕,命令他們將這幕掛在路口。從此「生之原」再度充滿了生命,而「死之國」雖然仍是光明和幸福,但人們都怕這入口的路。

| 作者簡介 |

亨利克‧顯克微奇(Henryk Sienkiewicz, 1846-1916),波蘭作家。重要作品有歷史小說衛國三部曲:《火與劍》、《洪流》及《星火燎原》,內容反映了十七世紀時波蘭人民反抗外國入侵的故事。其他著作包括《十字軍騎士》、《你往何處去》、《在沙漠與荒野中》等。由於「他史詩一般的作品表現出的卓越成就」,獲 1905 年諾貝爾文學獎,是第一位以長篇小說創作的卓越成就而獲諾貝爾文學獎的人。

▌悅讀分享▐

　　由於歷來受外族侵略和壓迫，歐洲諸小國長期社會動盪，人民生活艱辛。十九世紀末二十世紀初，這種情況更加嚴重。這樣的歷史狀況對文學作品產生了很大的影響。在這些國家的文學作品中，普遍流露著一種苦難的意識和無助的情緒。顯克微支的〈二草原〉即有這樣的思想傾向。

　　依據梵天造人的傳說，作者在文中描繪了兩個不同的世界──「生之原」和「死之國」。在作者的筆下，「死之國」原本並不可怕，那裡充滿著「白百合色」的光，而且還擁有令人嚮往的「寂靜和光明」。相較之下，「生之原」卻滿是「勞苦與悲哀」，因此人們都想渡到那裡去。「死之國」之所以最終讓人們望而卻步，在於梵天在它與「生之原」的邊界設置了一道可怖的「幕」。但「死之國」的「美麗與幸福」並沒有減少。文中從始至終都流露著作者對人生的悲哀和對現實的無奈情緒，而令人失望生厭的「生之原」也正是現實社會的寫照。此外，文中兩個「草原」、兩個「國度」的設置，也反映了作者的一種宗教情懷。

　　從藝術上看，本文運用了象徵手法，文字優美，充滿神祕色彩。另外，將深奧的寓意蘊涵在生動的故事中，也是本文的一大特色。

樂園裡的不速之客

〔印度〕 泰戈爾

　　這個人對美的追求永無止境。他從不踏踏實實地做事，整日胡思亂想。他捏塑幾件小玩意兒，有男人、女人、動物，都是些點綴著圖樣的泥製品。他也畫畫，雖然靠這些賺不了錢，但他樂此不疲。人們嘲笑他，有時他也發誓要拋棄那些奇想，可是從來沒有成功過。他雖然一生無所作爲，死後卻進了天堂。掌管人的天國信使，竟陰錯陽差地把他發配到勞動者的樂園。

　　這個樂園應有盡有，但是必須要不停地勞動。

　　這兒的男人說：「天啊，我們沒有片刻閒暇！」

　　女人也說：「加把勁呀，時間在飛逝。」

　　他們見人必說：「時間珍貴無比，我們有做不完的工作，我們得再加把勁！」

　　但這個新來者，是個在人世間沒做半點兒有用的事就度完一生的人，完全不能適應這樂園裡的生活。他漫不經

心地徘徊在街巷間，不時撞到那些忙碌的人們，即使躺在綠茸茸的草地上或湍急的小溪旁，也總讓人感到礙眼。

有個少女每天都要匆匆忙忙地去一條「無聲」的急流旁提水。在這個樂園裡，連急流也不會浪費它放聲歌唱的精力。少女邁著急促的小步，好似嫻熟的手指在吉他琴弦上自如地翻飛著；她的烏髮未及梳理，那縷縷青絲總是好奇地從她前額上飄垂下來，她的眼睛美極了！

那遊手好閒的人站在小溪旁，目睹此情此景，心中油然升起無限的憐憫和同情，一腔熱血在胸中澎湃。

「喂！」少女關切地喊道，「您沒工作嗎？」

這人嘆道：「工作？我從不工作！」

少女糊塗了，又說：「如果你願意的話，我可以給你一些事做。」

「『無聲』小溪的少女呀，我一直在等你這句話呢！」

「你喜歡什麼樣的工作呢？」

「就把你的水罐給我一個吧，那個空的。」

「水罐？你想從小溪裡提水嗎？」

「不，我只是想在它上面畫畫。」

少女愣住了，說：「畫畫？哼！我忙得很，你倒是清閒！我走了！」

　　不過，一個忙碌的人又怎對付得了一個無所事事的人呢？他每天都對她說：「『無聲』小溪的少女呀，給我一個水罐吧，我要在上面畫畫。」

　　最後，少女妥協了，給了他一個水罐。他便畫了起來，畫了一條又一條的線，塗了一層又一層的顏色。畫完後，少女舉起水罐，細細地瞧著，她的眼光漸漸迷惑了，皺著眉頭問：

　　「你畫的這些能幹什麼？」

　　這人大笑起來：「什麼也不能幹。這只是一幅畫，並沒有什麼意義。」

　　少女提起水罐走了。回到家裡，她把水罐拿在燈下，用審視的目光，從各個角度翻來覆去地品味那些圖案。深夜，她又起床點了燈，再靜靜地細看那水罐。她看到些東西，但又無法用言語描述出來。

　　第二天，她又去小溪邊提水，但感覺不同了。一種新的感覺從她心底萌發出來，一種什麼也不是、也不為什麼的感覺。

　　她一眼瞥見了畫家，心裡一緊：「你要做什麼？」

　　「幫你的烏髮紮條彩帶。」

　　髮帶紮好了，確實非常漂亮。從此勞動樂園裡忙碌的

少女也開始每天花很多時間用彩帶來紮頭髮了。

　　時光在流逝，許多工作被草率拖延。樂園裡的土地開始荒蕪，勤快的人們也學會了偷閒，他們把寶貴的時光耗在畫畫、雕塑之類的事情上。長老們感到驚愕不已，於是召開了會議，他們認為這種從未發生過的問題已變得事態嚴重了。天國信使也匆匆趕至，他向長老們鞠躬道歉說：

　　「我錯帶一個人到樂園了，真是非常抱歉！」

　　那人被叫來了。他一進來，長老們立刻注意到他身上的奇裝異服，以及攜帶的畫筆和畫板，隨即明白他的確不屬於這個樂園。

　　長老嚴肅的說：「這裡不是你待的地方，趕快離開！」

　　畫家默默地拾掇他的畫筆及畫板。就在他即將離去之際，那少女飛奔過來：「等等我，不要把我一個人留下！」

　　「這算什麼！難道這一切都要歸罪於這個懶人嗎？」

　　長老們無言以對。

| 作者簡介 |

羅賓德拉納特・泰戈爾（Rabindranath Tagore, 1861 ～ 1941）是一位印度詩人、哲學家和反現代民族主義者。1913 年獲得諾貝爾文學獎，是第一位榮獲諾貝爾文學獎的亞洲人。在世界其他國家，泰戈爾通常被視為一位詩人，而很少被看做一位哲學家，但在印度這兩者往往是相同的。在他的詩中含有深刻的宗教和哲學的見解。對泰戈爾來說，他的詩是他奉獻給神的禮物，而他自己是神的求婚者。他的詩在印度享有史詩的地位。他在許多印度教徒的心目中也是一位聖人。

| 悅讀分享 |

在作者筆下，樂園裡的人每天都有做不完的工作，到處是繁忙的景象，連急流也在無聲而忙碌地奔騰，捨不得花費一點精力放聲歌唱。

作者塑造的畫家從不踏實做事，整日胡思亂想，一生無所作為，沒做一點有用的事。「遊手好閒、無所事事、懶人」等反語是世俗對藝術家的偏見，實際上畫家做的都是正事，他是美的追求者和傳播者。他的努力喚醒了人們沉睡多年的愛美天性，為樂園裡的人們增添生活的情趣。

作者運用貶義詞，是對世俗的反諷。

　　畫家所作所為是樂園裡的新生事物，使這個樂園發生了從未有過的巨大變化，可見生命力是何等強大！樂園裡的人們也是愛美的，但這種愛美之心一直沉睡在內心世界。這種潛意識被畫家喚醒了。畫家的工作也是勞動，而且是一種創造性的藝術勞動。這種創造性的勞動終於被樂園裡的人們所認識，並且爭相仿效。埋頭幹活固然是一種可貴的美德，但它不是生活的全部，真正的生活還包括追求美、創造美、享受美等。在畫家影響下，樂園裡的人們認識到生活的意義。

國家圖書館出版品預行編目資料

鷹的飛翔：世界文學名作選／張子樟編譯.
 -- 初版. -- 臺北市 幼獅, 2018. 11
   面； 公分. --（散文館；38）

 ISBN 978-986-449-133-9(平裝)

815.93   107017278

・散文館038・

鷹的飛翔──世界文學名作選

編　　譯＝張子樟
封面設計＝張靖梅
出 版 者＝幼獅文化事業股份有限公司
發 行 人＝李鍾桂
總 經 理＝王華金
總 編 輯＝林碧琪
主　　編＝沈怡汝
編　　輯＝白宜平
美術編輯＝李祥銘
總 公 司＝(10045)臺北市重慶南路1段66-1號3樓
電　　話＝(02)2311-2832
傳　　真＝(02)2311-5368
郵政劃撥＝00033368

印　　刷＝崇寶彩藝印刷股份有限公司　　　幼獅樂讀網
定　　價＝250元　　　　　　　　　　　http://www.youth.com.tw
港　　幣＝83元　　　　　　　　　　　　幼獅購物網
初　　版＝2018.11　　　　　　　　　　 http://shopping.youth.com.tw
二　　刷＝2022.08　　　　　　　　　　 e-mail:customer@youth.com.tw
書　　號＝986288